唯川 恵

男の見極め術　21章

実業之日本社

実業之日本社文庫

はじめに

何はともあれ、この世の中には男と女しか存在しないのである。組み合わせはいろいろあるにしても、女性の多くは男性を好きになり、戸惑いながらも、その性の違いを愛《いと》しく思い、時には、一生を共にしたいと望むようになる。

なぜ、その男なのか。理由は様々にあるだろう。「優しいから」「私を心から愛してくれるから」「夢のある人だから」「経済力があるから」「将来性があるから」「価値観が同じだから」等々。それらも確かに、答えのひとつと言える。

けれども、それだけではないはずだ。それだけの男なら、何も彼でなくても、他にもいる。そんな理由ではくくれない、他の男とは違う決定的な何かがあるからこそ「この男」となる。

恋とは何と強烈なエネルギーを持つものか。理屈では説明がつかない。

きっと、その何かが「恋」なのだろう。

これはもう、ある種の狂気に近い感情と言える。


だから、恋のうちはいい。

恋におちたら、存分に味わわなければ生きている甲斐《かい》がないというものだ。

けれども、時間は正直であり残酷でもある。

やがて、情熱は一段落し、眩《くら》んでいた目は覚め、冷静さが戻って来る。

その時になって、ようやく男の本質が見えて来るのである。

「彼はこんな男だったのか」

同時に、こうも思う。

「私は彼の何を見ていたのだろう」

それは失望というより、驚きに近いだろう。

しかし、実際のところは、なかなか認めることができない。

「まさか、彼がそんな男であるはずがない」

と、自分を納得させようとする。

「今の彼は本当の彼じゃない」「いつか出会った頃に戻ってくれる」「そのためにも、私が付いていてあげなければ」

そんな思いに縛られて、結論をつい引き延ばしてしまう。

それは彼への期待というより、自分自身に言い聞かせているのである。

今別れたら、これまで費やして来た時間やお金を捨ててしまうことになるのが悔しいのだ。見る目がなかった、すべては無駄だった、と、自分の失敗を認めるのがいまいましいのだ。

だから、見当違いな執着心が頭をもたげて、別れに二の足を踏んでしまう。

しかし、それはたぶん、不毛な葛藤《かっとう》に終わるはずである。


恋に失敗しても構わない。

そう思っている。

でも、恋で人生を失敗してはいけない。

もっと、そう思っている。
もう、男に振り回されて、人生をややこしくするのはやめよう。
そんな男は見切って、身軽に生きていこう。
本書は、そんなお節介極まりない本である。
ずっと、言いたかった。
「こんな男はいらない」

目次

男の見極め術　21章

1章　優柔不断な男

決断できない男など、
早めに見切りをつける。

「優」も「柔」も、両方とも好印象の文字だが、それに「不断」がつくと、とんでもない男の出来上がりとなる。

これは別段、男にだけ使われる言葉ではないが、とりわけ、男に付くと始末におえないものとなる。

女性が嫌う男のタイプの中でも、いつもトップを争う位置にいるはずだ。

ある女性からこんな相談を受けた。

「私、好きな人がいるんです。思い切って食事に誘ったらＯＫしてくれました。話してみると彼女はいないって言うし、気も合って、結構盛り上がり、これは脈があると思いました。だから、次は彼が誘ってくれるに違いない、と期待していたんです。

でも、なかなか連絡はありません。それで、また私から誘いました。ええ、その時もちゃんと来てくれました。メールも出せば必ず返事をくれます。けれど、そこまでなんです。それ以上のことは何もないんです。そんな付き合いがふた月ほど続いて、さすがにこのままじゃ何の進展もないと感じ、思い切って『好きです』と気持ちを伝えました。

返事は、嬉しいよ、でした。これで、ちゃんと付き合えると思ったんですが、やっぱり前と同じ。誘うのも、メールするのも私ばっかり。さすがに腹が立って、その気がないならはっきりそう言って、と言ったのですが、そんなことないよ、って答えるだけ。そう言われると、断られたわけじゃないし、もしかしたらという可能性を信じてしまって……」

これはまさに優柔不断の典型的な例と言える。

残酷な言い方だが、この場合、ほとんど相手にその気はないと思った方がいいだろう。他に女はいないとのことだが、それも怪しい。

結局のところ、ハッキリ断る勇気がないのである。断って、嫌われたくないのである。

困るのは、男によっては、それを狡《ずる》さではなく、優しさと思ってるふしが窺《うかが》えるところだ。

「はっきり断るなんて、そんな可哀《かわい》そうなことはできない」

という理屈である。だから、のれんに腕押し状態を続けてしまう。

でも、それは男の勘違いでしかない。

どこかで、好かれている状態に酔っている。モテる男だと自惚《うぬぼ》れている。

女が正面からぶつかって行ったのなら、男の方も受けて立ち、気持ちを伝えるべきである。それが仁義ってものである。なのにそれがわかってない。それは、女を見縊《みくび》っている証《あかし》でもある。

彼女にはこう答えた。

彼が煮え切らないなら、誘うのはやめる。それで彼から何の連絡もなかったら、きっぱり諦める。下手に物事をいい方に考えて、もう少し頑張れば何とかなる、などとずるずる引《ひ》き摺《ず》るのは時間の無駄。次の恋を探した方がよほど前向きである。

もし、そんな男とうまく恋人になれたとしても、相手は常にそのスタンスを取り続けるだろう。他の女が現れた時も、男は同じ態度をとるはずである。優柔不断な男というのは、浮気性の男と根っこで繫《つな》がっているのである。

男が優柔不断なら、あなたが決断力を持つ。

諦めるなら諦める、諦めないなら諦めない。

男の意志ではなく、あなたの意志で決める。

ただ、諦めないにしても、その性格が変わるということはまずないので、ここは思案のしどころである。あなたがどれだけ包容力と忍耐力を持てるか、じっくり考える必要があるだろう。

さて、恋愛だけでなく、そこここに優柔不断な男は存在している。レストランに入って、メニューを広げ「何にする?」「何でもいいよ」「食べたいものは」「別に」。一回や二回はいい。しかし、毎回そんな態度であるなら、いい加減にしろと言いたくなる。

このセリフを、かつて男に会うたびに聞かされた女性は、ついに切れて「じゃあ、コレを食べよう」と、レストランの紙ナプキンをむしゃむしゃ食べたことがあった。

男は元来、面倒くさがりの傾向がある。

それが本当に面倒がってのことならまだ許せる。しかし、単に自分の意見がない男、ひとりじゃ何も決められない男という場合もある。

そのくせ、文句だけは言うとなると、もっと始末に悪い。

「これがいいと言ったのに、おいしくないではないか」

責任転嫁をするのである。

食事ぐらいのことならまだしも、何から何まで、決断をこちらに委《ゆだ》ねておいて、後になって不満を述べる。悪いのは自分じゃないと主張する。

人生、ことごとくこの調子であったら、毎日ストレスとの戦いになるだろう。

これが、仕事の上でもそういう男だったらと思うと、何と情けないことか。

私はかつて長くＯＬをやっていたのだが、優柔不断な上司ほど手に負えないものはないと痛感している。

判断を仰いでも、明確な答えはない。期限が迫っているのに「そうだなぁ」と、のらりくらりする。「じゃあ、それは君に任せよう」と、言ったはずなのに、うまくいかないと「そんなことを言った覚えはない」としらばくれる。もちろん、成功したら、自分の手柄にする。

もし、自分の彼が、仕事関係の誰からも信頼されてないとしたら、それはモテない男などというレッテルをはられているより、もっと落胆の度合いは激しいだろう。

どうしてハッキリできないのか。決められないのか。意思を通せないのか。

結局、自信のなさのひと言に尽きる。

失敗するかもしれない、そうなったらどうしよう、が先に立つ。

それは裏を返せば、恥をかきたくない、責められたくない、という心理に繋《つな》がっている。だから安全策として、他人の意見に便乗しておく。そうしたら、失敗した時も他人のせいにできるからだ。

つまり、自分がいちばん大事な男なのだ。

情けないのは、恥をかくことではない。恥をかくことを恐れることである。

こんな男と一生付き合ってゆくには、保護者になる覚悟が必要だろう。


人生、生きていればトラブルは起きる。

順調な時はいい。けれども、苦境に立たされる時は必ずある。

思いがけない災難に遭ったり、身体を壊したり、人間関係がこじれたり、お金で苦労したり、家族の問題が持ち上がる時もある。

普段はどんなに優柔不断であっても、ここぞという時、ビシッと決めてくれればそれでいい。

その頼もしい態度さえあってくれたら、後のことは大目に見てあげられるはずである。

そのためにも、普段からじっくりと、彼が真性《しんせい》の優柔不断男なのか、それとも優柔不断に見えても実は決断できる男なのか、観察しておくことが必要である。

これは男の責任というより、女の観察眼が試される問題である。

2章　淡白男

彼の価値観を共有できるか。

彼の世界を尊重できるか。


最近、こういった男が多くなっているのは、女たちも承知しているはずである。女性に対して興味が薄く、恋愛に関して淡白、意思を表に表わそうとしない。

まずは、彼女の話を聞いてもらおう。

出会ったのは友達の紹介である。見た目は地味だが、話せば知識も豊富で面白いし、清潔感もある。何より、女にガツガツしていないところに好感を持った。

連絡を取り、付き合い始めて三ヵ月。デートするのが楽しくてしょうがない時期である。でも、彼はそうではないらしい。

会えない週末が二度続いて、今週は会えるかと思い、いつ電話がかかって来てもいいように、彼女はずっと待っていた。でもかかって来ない。それで、自分から連絡を入れた。

彼は部屋にいた。いたってことに、まず驚いた。いるなら連絡ぐらいくれたっていいのではないか。

でも、あまり責めるようなことは言いたくなくて、さり気なく尋ねた。

「今、何してたの？」

彼の答えはこうである。

「暇だから、ゲームをしてた」

彼女は唖然《あぜん》とした。暇でゲームなんかしているぐらいなら、どうして私を誘わないのだろう。私たちは付き合っているのではないのか。

それをグッと押さえ、彼女は言った。

「だったら一緒にご飯を食べない？」

すると「ああ、いいよ」とあっさり答えが返って来た。それで二度目の啞然となった。そんな簡単なのか。そんな簡単なことなのに、自分からは誘おうとはしないのか。

ここまで話を聞いた時、やはりいつものパターンに違いないと思った。前述の「優柔不断男」である。他に女がいるか、もともと彼女に好意がないかだと。

しかし、そうではないらしい。彼は本当に、ただゲームをしていただけらしい。よくよく聞いてみると、彼は今まで付き合って来たどの女性に対しても、そんな接し方をして来たという。もちろん約束をする時もあるが、どちらかというと、積極的ではない。会わなくても平気である。彼にとってのファーストプライオリティーは「自分」なのである。

「家でPCをしたりマンガを読んだりDVDを観たりするのが何より楽しい」

これが相手の言い分である。

それは彼の趣味であって、何も他の女と浮気しているわけではないのだから、プライベートな時間として、彼女であっても余計な口出しをするべきではないのかもしれない。

しかし、これが恋愛をしている男のセリフだろうか。

確かに、付き合いも長くなれば、こんな週末の過ごし方もいいと思う。いつも一緒でなければ、などとは思っていない。しかし、付き合ってまだ三ヵ月。自宅でゲームと、恋人と食事をするということは、彼にとって所詮《しょせん》、同じライン上に並ぶ娯楽のひとつでしかないのだろうか。

私はその男の心理がよくわからず、きっと特殊な男に違いない、と思うようにした。これが、真のオタク男なのだ、完全なる草食性男子なのだ、と。

そのことを若い女性たちに話すと「近ごろ、恋愛だけでなく、すべてにおいて淡白な男が多い」と、言い始めた。

彼らは野心を持たないという。

野心というのは、わかりやすく言えば、こういうことだ。

仕事で認められたい。出世したい。お金が欲しい。美味しいものが食べたい。綺麗な女を彼女にしたい。セックスしたい。いい車に乗りたい。いい家に住みたい。

しかし、彼らにそれはない。

仕事に多くの時間を取られるくらいなら出世なんかしたくない。彼女もいればそれにこしたことはないが、面倒臭いようならいなくてもいい。車に必要性は感じない。食べ物はファストフードとコンビニで事足りる。酔いたくないからお酒は呑《の》まない。セックスにもあまり興味はないし、してもいいが、しなくても困らない。住むところは今の古い１ＤＫで十分。

こちらの方もある。

別に人から尊敬されなくても構わない。悪いことをする気はないが、殊更いいこともしようとは思わない。他人に何も望まない、だから自分にも望まないで欲しい。成長なんて考えない。今のままでいい。自分のことは放っておいてくれ。現在の生活が続いてくれればそれでいいのである。これで満たされているから、欲しいものは別にないのである。

早い話、頑張ることに価値を見いだせないのだ。

そういう状況が、世の中には確かにあるだろう。

頑張ったって、成果が付いて来る保証はない。いいように使われて、あっさり切られる現実。頑張るだけ無駄、という気になってしまうのもわかる。

加えて、最近はパワフルな女性が多いので、その迫力に腰が引けてしまうこともあるようだ。世の中から、男らしさを要求されることにうんざりしている気持ちもあるかもしれない。

男は、女が想像している以上に、とてもデリケートな生き物なのである。

だから、無欲であることをすべて否定はしない。

そんな人生を選択するのも、ひとつの在り方である。


ただ、もし、その理由の原点が、面倒なことに足を突っ込みたくない、というのであれば、落胆するばかりだ。

彼女たちは言った。

「彼に情熱そのものがないわけではないと思う。彼のゲームやアニメキャラに対するそれはかなり強烈だから。ただ、それが、私には向かないだけ。結局、それに勝る魅力が私にはないということなんだと思う」

「彼を見ていると将来の展望が持てない。ずっとこのままで暮らせるはずがないのに、問題はみんな先送りにするばかり」

「好きだけど、煩わしいと言って外に出ないで、デートは家ばかり。セックスもあっさり。この年で茶飲み友達になるのはあんまりだ」

「黙っていたら何も変わらない。でも、うるさく言えば背中を向けられる。結局は別れるしかない」

彼の価値観を共有できるか。彼の世界を尊重できるか。

問題はそこに尽きるだろう。

しかし、彼らのような男にも需要がないわけではない。

仕事をバリバリこなす女性にとって、それは有難い存在となる場合もある。

基本的に、男の沽券《こけん》に執着しないし、揉め事を避ける傾向にあるので、女の提案を呑んでくれる。今日はどこに行く？　の返答は期待できなくても、今日はここに行こう、に対してはあまり異議を唱えない。残業続き、出張続きになっても「僕と仕事とどっちが大事なんだ」などとは言わず、ひとり遊びしてくれる。浮気の心配も少ない。結婚して、家事や育児に参加して欲しい、の要求にも応えてくれる期待が持てる。

だから、反応が薄めでも、攻め続けるのも手だろうと思う。

相手に任せておいても埒《らち》が明かないのなら、ホテルに誘いたければ誘えばいいし、結婚したければプロポーズすればいい。女がリードしてゆくことをためらう必要はない。

仕切る女と、仕切られる男。

その組み合わせとなれば、悪くない相手なのである。

とは言え、それは女にとって「オス」ではなく、心地よく暮らすためのパートナーでしかなくなるだろう。

私の知り合いの女性も、そんな男と結婚し、仕事をバリバリやり、子供を持ち、家庭では平穏に暮らしているが、肉食系の男を愛人に持っている。

3章　年下の男

見るべき姿は人間そのもの。

年齢の意識しすぎは失敗のもと。


今時、年齢にこだわる女などほとんどいないだろう。

私の周りにも、年下の恋人や夫を持つ女性は多い。

ひとつやふたつぐらいでは、わざわざ年下男と言う必要はない。五歳くらい離れていても驚きはしない。十歳以上離れて初めて「ほう」となる。

これを読んでいるあなたが二十二歳としたら、五歳離れた男は十七歳。さすがに差は大きいと思うだろうが、二十七歳の女性が二十二歳の彼を持ったとしても、さして不思議はない。ましてや三十歳を過ぎれば、五歳十歳も大した変わりはなくなる。四十代五十代になればなおのこと。年の差は、年をへるほどに許容範囲がどんどん広くなってゆくのである。

しかし、だからと言って、年下男を前にした時、年上男の場合とは別の葛藤をしてしまう女性も多いはずである。

これはある女性の失敗談である。

十歳近く年の離れた彼と、ある日、そういう関係になってしまった。彼女の方はもともと好意を持っていたが、言葉で何も告げることなく、アクシデントとしてそうなってしまったのである。

実は、彼には恋人がいた。そのことは彼女も知っていた。しかし、彼女はそれでもいいと思っていた。それでもいいから彼が欲しかった。

しばらく付き合ったある日、彼に聞かれた。

「恋人、いるんですか？」

その時、彼女は思った。今もしここで「いない」と言ったら、彼に大きな負担を与えることになるのではないか。もしかしたら、重荷に感じて、去ってゆくかもしれない。彼に恋人がいるのはわかっている。私に本気になる可能性はあるだろうか。年の違いを彼はどう思っているのだろうか。下手に舞い上がって恥をかきたくない。そんなことを一瞬のうちで考え、こう答えた。

「ええ、まあね」

それからしばらく付き合ったものの、今更「本当は……」と言えないまま、彼は恋人のもとへ帰って行った。

「これでいいの、初めからこうなることはわかってたんだから、年上の私が分別を持たなければ」

彼女は言ったが、本心のはずはない。

もし、気持ちを伝えていたら、状況は変わっていたかもしれない。年上の女という妙なプライドに引《ひ》き摺《ず》られたりせず、どうして正直に言わなかったのだろう。

と、悔やみつつも、やはり、こうも考える。

もし正直に言って、彼に困惑され、逃げ腰の態度を取られたら、もっと傷ついていたはずである。だから、これでよかったのだ、と。

では、それが結論かと言えば、まったくそうではなく、またもや「もし、あの時」と、考えてしまうのである。

その不毛な問い掛けは、長く、彼女を縛り続けた。

どちらがよかったのかは誰にもわからない。

もし、彼女に年上の女として必要なものがあるとしたら、いったん結論を出したのなら、後ろを見ない、引き摺らないということだろう。

さて、男の方はどうなのだろう。

年上の女というものをどんなふうに見ているのか。何を期待し、何を求めているのか。

しかし、その前に、男にも二種類あることを頭に入れておかなければならない。

たまたま好きになった女が年上だった。

もともと年上の女が好き。

結果的に恋人になるとしても、このふたつには、かなり大きな隔たりがあるはずである。

たまたま、の場合は殊更取り上げる必要はない。恋愛は自由。年上だろうが、同性同士だろうが、好きになったものはしょうがない。

問題は、もともと年上の女が好き、という男の場合だ。

年上女とばかり付き合っている男に聞いたことがある。なぜ、年上女が好きなのか。彼の答えはこうだった。

「年上の女は、楽でいられる。年下だとデートのセッティングから、お金の心配までみんな男がしなくてはならないが、年上ならすべてあっちがやってくれる。ベッドの上でリードするのも男ばかりでは疲れる。男だって甘えたい」

その気持ちもわからないではない。ないが、そこまではっきり言われてしまうと、年上女に依存する部分が大きくて力が抜けてしまう。

結局、年下男は楽したいだけなのか。

まあ、逆の場合を考えてみればわかる。

年上男を好きな女の場合も、包容力があるとか、頼りがいがあるとか、経済的に安定しているとか、そういうことを挙げる。結局、お互いさまということになるのだろう。

知り合いには年下の男と結婚した女性たちが多くいる。

果たしてうまくいっているのか。

彼女たちの言い分はさまざまである。

「共働きのせいもあるけれど、俺がおまえたちを養っている、というような傲慢《ごうまん》な態度は見せないから気が楽。結婚しても対等に付き合えている」

「結婚前からの甘えたがりの性格は変わらない。何かを頼んでも逆に『お願い』され『君に任す』になってしまう。それを仕方ないと受け入れていた私の責任もあるのだろうけど、今も子供みたいで手がかかる。家事をもっと手伝ってくれると思っていたが、それは期待外れだった」

「若いということは、子供が大きくなっても働いてくれるはずなので、将来に関して安心する気持ちがある」

「彼と一緒に出掛けると、弟さん？　と聞かれることがあって傷つく。いつも若く綺麗にしていなくてはとのプレッシャーがあり、化粧にも服装にも手を抜けず、時折、疲れる」

いろいろあっても、知り合いたちはとりあえず上手くいっているようだ。

ただ、これは面白かった。

「浮気をした。もちろん許せないが、相手が私より年上だと知って、更に腹が立った」

これは、よくわかる。

問題となるのは、やはり別れの時だろう。

特に、もともと年上女が好きな男の場合は、別れに関しても、女が年上であることを無言のうちに押しつけるものである。

「君は僕より年上なんだから、世の中ってものをよくわかっているはずだろう。年上の女らしく、あっさり身を引いてくれ。すがったりされるのは、年下の女ならまだしも、年上の女ではサマにならない」

こんな男もいるのである。

また年上の女も、年上であることを意識し過ぎて、別れもそれらしい演技をしてしまう。前述した女性と同じパターンである。

抜け目ない年下男は、そんな年上女の心理をきっちり把握しているのである。

さて、今更だが、年下男のどんなところが好きなのか。

証言を並べてみると、こんな感じだろうか。

何事にも純粋で一生懸命なところ。威張らない。狡《ずる》くない。妙なプライドをふりかざさない。フットワークがいい。将来性がある。セックスがいい。

異論はないが、そこには多分に女の勝手な美化が入っているようにも思う。

きっと、同い年や年上の男と接しているうちに、男という生き物がいかに権威や蘊蓄《うんちく》が好きで、女の上位でありたいと望んでいるか、その現実を見てしまったのだろう。それでつい年下に希望を見いだしてしまう。

また、同じことをされても、年上だったら許せなくても、年下なら許してしまう傾向がある。年下というだけで、何となく母性本能をくすぐられる。

この母性本能というもの。

これは、甘美ではあるが、時に厄介ものになる。これのせいで、年上女がやってしまう失敗がどれだけあることか。

まずは、男を甘やかしすぎてしまう。

「いいの、私に任せておいて」

支払いも、家事も、トラブルもみんな女が引き受けてしまう。

「あなたが悪いんじゃないの。上司のせい、友達のせい、世の中のせいだから」と、つい年下男の肩を持ってしまう。

そんなことを繰り返していると、そのうち男は図に乗って、自分はえらいと思い始める。実際は何にもできないのに「やろうと思えばできる、今はやらないだけ」、雑事に対して「そんなつまらない仕事は自分がやることではない」と、勘違いするようになるのである。時には、年上の女を家来のように扱うようになる。

大人というのは、年齢とは関係ない。周りを見ればわかるはずである。どんなに年をとっていても大人になれない男がいるのと同様、若くたって、大人の判断をできる男もいるのである。

男を駄目にしてしまうのは、女の方がついつい大人を気取ってしまい、男を甘やかしてしまうところにある。それを忘れてはならない。

言えるのは、年下男と付き合うつもりなら、年を忘れるくらいの図太さが必要であることだ。

年上であることに引け目を感じた時点で、相手というより、自分に負けてしまう。

そんな後ろ向きの女は、決して年下男などに手を出さないことである。

4章　浮気性な男

信じて待つばかりの女になってはいけない。

あなたがもし浮気性の男を恋人に持っているとしたら、これはもう心からお悔み申し上げるしかない。

いつか治る、なんて信じていたら、それはあまりに楽天的過ぎる。残酷な言い方だが、浮気は持って生まれた性癖と思った方がいい。

まず、ここで言っておきたいのは、その浮気性というのは、恋人もしくは妻がありながら、一度や二度他の女と付き合った、という程度のものではないということである。そんなことぐらい、長く付き合っていれば起こるものだ。女だって同じだ。彼がいても夫がいても、つい他の男に気持ちがぐらついてしまう時があるはずだ。

浮気性の男というのは、とにかくひとりの女では収まらない。常に他の女の存在がちらついているのである。

ある意味で、モテまくりの男といってもいいかもしれない。基本的に魅力がなければ、女はなびかない。次から次と女をとっかえひっかえするには、それなりの資質が必要だろう。

知り合いに、とんでもない浮気男を恋人にし、一年間で九キロも瘦《や》せてしまった女性がいた。

知り合った時、男は「今は誰もいない」と言っていたが、実際には一年以上も付き合っている彼女がいた。「別れる」と言ったら、土下座して「彼女とはちゃんとケリをつける」と言ったので、それを信じていたが、それから半年以上も続いていた。やっとその彼女と別れたと思ったら、すぐに違う女性とふたたまたをかけ始めた。

それからも、知っているだけで数人（たった一年半の間で）、知らないのも含めれば（ナンパで一晩限りなんていうのもある）見当がつかない。最悪なのは、彼女の親友とまで関係してしまったことだ（これは親友の女も悪い）。

ここまでくれば、単なる浮気性ではなく、セックス依存症と呼んでもいいだろう。専門のカウンセリングが必要になるかもしれない。

当然、その彼女は愛想をつかして別れてしまったのかと思ったが、まだ付き合っているのである。恋愛とは本当に奥が深いものである。


浮気男にもタイプがあるが、その男の場合は、必死に隠そうとし、バレたら謝りまくるという。

だからと言って許せるわけではないが、気持ちとしてはちょっと柔軟になる。だから「本当にこれで最後ね」「神様に誓う」ということで落ち着き、許すことになるわけだが、もちろんこれが最後になるはずもなく、延々と同じことが繰り返されるのである。早い話、彼女をなめてしまっているのである。

逆に、世の中には浮気を平然と公言し、見つかると「それがどうした」と開き直り、責めると「だったらおまえと別れる」と、半ば脅しのように宣言する男もいる。

特に、妻子を養っている男は、「俺がいなければ食っていけないだろう」と、妻を見下している感が窺《うかが》える。だから、妻には「釣った魚に餌《えさ》などやるものか」とばかり、プレゼントどころか、労《ねぎら》いの言葉ひとつ掛けようとしない。

それなのに、浮気相手には気前よく何でも買ってやる。それを指摘しようものなら「俺が稼いだ金を俺が使って何が悪い」と逆切れする。

これは本当にタチが悪い。すでにモラハラの域である。

こういう男は浮気性の他に、性格としての傲慢《ごうまん》さも兼ね備えているので、女の自尊心など気にも留めない。気持ちをズタズタにしても平気なのである。

こんな男と長く付き合っていると、常に疑心暗鬼に包まれ、物事を悪い方にばかり考え、自信をなくした女になってしまう。

そんな男だけは許せない。男としてのセンスがない。人間として向き合えない。

そんな男を、単なる共同生活者として割り切れるなら目を瞑《つぶ》るのもいいが、それが負担なら、自分自身を壊す前にとっとと見切りをつけて、別れた方がいい。

あなたが結婚しているなら、自立する計画を立てる。当然、慰謝料や財産分与などについても、しっかり知識を得ておくことをお勧めする。


浮気性の男を恋人、もしくは夫に持った時、女としての選択はいくつかあるはずである。

ひとつめは、今書いたように、しごく簡単、別れを宣言する。

これが作戦として成功した場合、男は動転し、心を入れ替えることもあるだろう。基本は女を甘く見ているのだから、そこを思い知らせてやるのである。

それを決行するにあたっては、日ごろから味方になる人間を引き入れておくことが大切だ。

たとえば、男の親友や上司。結婚しているなら義母。男の頭が上がらない人物はしっかり摑《つか》んでおくべきである。

しかし、それで懲りて、一時は収まったとしても、根本的な解決に至るかは疑問だ。その時は改心したつもりでも、時間がたてば元の木阿弥《もくあみ》となる。それが浮気性を性癖と呼ぶ所以《ゆえん》である。

ふたつめは、傷ついても、嫉妬《しっと》で気が狂いそうになっても、じっと耐える、すべてを許し、受け入れる。

「彼はいろいろ浮気をしているけれど、いつかきっと『やっぱりおまえが一番だ』と、私の所に戻ってくれるに違いない」

と、信じる。

そう思いたい気持ちを否定するつもりはないし、そうなる可能性も皆無ではない。ある意味、一生をかけて恋愛してゆくということでもある。そこまで惚《ほ》れたのなら、これはこれで、女として幸せな人生とも言えるかもしれない。

ただ、好きなだけ放蕩《ほうとう》し、恋人や妻を追い詰めておいて、最後に「やっぱりおまえが一番だ」と戻って来られても、嬉しいものだろうか。ましてや、体力もお金も地位もなくなっていたとしたら、今更よく言うわ、と、却《かえ》って腹立たしさが増すだけではないだろうか。

もちろん、その時にこそ、積もりに積もった鬱憤《うっぷん》を晴らして、思い切り見捨ててやるという復讐の手もある。

そして三つめ。

いっそ、恋人や妻という立場から下りて（つまり別れて）、自身が男の浮気相手になってしまうというのはどうだろう。

浮気性の男に腹が立つのは、結局のところ、対等でいられないところだ。

「どうして私だけが我慢しなければならないのか」

別れてしまうには、男にまだ心が残っている。でも恋人や夫にしているには苦労が多すぎる。

だったらとにかく別れて、新しい恋人なり結婚相手なりを手に入れるのである。

あなたに別の男ができれば、気持ちに余裕も生まれるだろう。彼に対しても鷹《おう》揚《よう》でいられるだろう。

そして、彼を浮気相手にするのである。

だいたいにおいて、浮気性の男というのは、他人のものに手を出すことに喜びを感じる生き物である。他人の女になったあなたに、恋人や妻の時よりもっと優しくするだろう。もちろんその優しさは、責任のあるものではない。その場限りでしかない。しかし、恋のスパイスとしてはかなり魅力的なはずだ。

この場合、ふたりの間に決定的な亀裂が生まれてからでは遅いので、なるべく早い時期の決断が必要になる。同時に、次の男は早々に確保しておくことが大切である。

その決断ができれば、女としての新しい開花となるはずである。

とにかく、早いうちに男の本質を見抜いておこう。

恋は盲目だと言われるが、そんな時期はほんのわずか。恋に惑わされて、いつまでも見たくないところから目を逸《そ》らしていては、一生の不覚になる。恋愛は、実はとても頭を使う知的な行為なのだ。

「男をひたすら信じる健気な女」

という言葉の陰には、

「彼にうまく操られている頭の悪い女」

が、隠れているのを忘れてはならない。

5章　嘘をつく男

嘘そのものより、
嘘をつく行為の裏側を見よ。

嘘は一種の媚薬《びやく》である。
恋が、実のところ、嘘と誤解で成り立っているというのも事実である。嘘のまったくない関係は、一見、とても美しいもののように感じるが、ちょっと無気味でもある。身体の中に雑菌が存在するように、恋にだって必要悪ってものがあるはずだ。

だから、少しぐらいの嘘なら許そうではないか。嘘とわかっていて、騙《だま》されてあげようではないか。

それぐらいの度量を持ってないと、結局は自分が追い詰められてゆくだけである。女だって嘘はつく。どっちもどっちのはずである。

だから、もし彼が「残業だ」などと嘘をついて、新入社員の可愛い女の子と飲みに行ったとしても、そうそう怒らない。笑って聞き流そう。

不思議だが、嘘というのは、ついた本人より、それを暴《あば》きたてる自分の方が何やらみじめな気持ちになるものだ。追及して相手に謝らせるよりも、ジワジワと、「私はお見通しだ」という無言の圧力をかけた方が、きっと効果はあるはずだ。

しかし、やはり許容量はある。

すべての嘘をなし崩し的に許していてはいけない。

これは笑って済ませていい嘘なのか、それとも真性《しんせい》の嘘つき男なのか、そこのところは冷静に見極める。身体の中の雑菌も、増えすぎれば病気になるのと同じである。

男の嘘にはいろんな種類がある。

その中で、相手のためにつく嘘というのは、質としては良性に属するはずである。さっきの残業のケースなどがそれである。

つまり、彼女を不愉快にさせたくない、または、彼女に嫌われたくないから嘘をつく。

基本的には、気持ちが彼女にまっすぐ向いているということである。自分の気持ちを誤解されたくないからついてしまう。こういう嘘に対しては、菩薩《ぼさつ》の心で許してあげればいい。

しかし、そうではない嘘となると、ちょっと考えものである。

恋愛がらみの話ではないが、男の本質が透けて見えるこんな嘘を記しておこう。

ある時、飲み会があった。そこに来ていたひとりの男が、みんなの前で、

「僕はクルーザーを持っていて、週末にはいつも海に出て釣りを楽しむんだ」

と言った。そこにいた全員が驚いた。その若さでクルーザーを持つなんてなかなかできることではない。それも、親の援助などはなく、自分の力で買ったというのだから尚更だ。

そんな周りの態度にすっかり気をよくした男は、散々そのことを吹聴《ふいちょう》した。

その後、偶然にもその男を知っている人と出会った。

「あいつのクルーザー？　ああ、あれのことか。漁師の人から古くなった漁船を安く譲ってもらったんだ。それにあれは友達何人かで共同で買ったはずだ」

という答えが返って来た。それを聞いて「何だ、ただの見栄だったのか」と、笑ってしまおうとしたのだが、それだけでは済まされない何かが、気持ちの中に残った。

嘘をついたということではなく、その嘘をついた根本的なところに対する嫌悪《けんお》感《かん》である。

漁船だっていいではないか。友達みんなで買ったのもいい話ではないか。それをどうして隠さなければならないのだろう。正直に、

「古い漁船を友人たちで買って、週末には釣りに出ている」

それだって十分に楽しそうで、周りに良い印象を残せたはずである。

男は、古い漁船とクルーザーを比較して、クルーザーの方がずっと上だと思っている。友人たちとの友情を軽んじている。その価値観がたまらなかったのだ。

確かに、男には見栄がある。それはわからないでもない。見栄をはらない男というのも、どこか間が抜けているような気がする。しかし、こういう嘘はみみっちい。ちっとも粋《いき》ではない。

嘘をつくなら、バレた時に、相手に笑みを浮かべさせられるようなものでなければならない。それは「あきれた」でも「馬鹿馬鹿《ばかばか》しい」でも、とにかく、笑わせられたら嘘の勝ちである。それがわかっていない嘘をつく男は、ただ野暮男でしかない。

しかし、これもまだまだ可愛《かわい》いものである。

タチの悪い嘘つき男は他にごまんといる。

何より、自分の得のために嘘をつく男。

ましてや、それを相手のためだとすり替えようとする男。

そんな男は意外と多い。

ある女性が一年近く付き合っていた男の話である。

男がある日、転職を考えているようなことを言い出した。

「だから、俺たち、しばらく時間を置かないか」

女性は、彼の真意がよくわからなかった。転職と、自分たちの付き合いに、どんな関係があるのだろう。そこを問うと、

「しばらくひとりに戻って、将来のことをじっくり考えたい」

との返答である。どうやら、男は次の就職先について、かなり悩んでいるようである。彼女は、これも男のためと思い、しばらく会うのも連絡を取るのもやめることにした。落ち着いたら電話すると、言っていたので、それを信じて待っていた。

しかし、それからしばらくして、こんな噂《うわさ》が耳に入って来た。男が別の若い女と付き合っているというのである。

探ってみると、男は周りにはこう言っていた。

「他に好きな女ができた、なんて言ったら傷つける。彼女のためを思って、ひとりになりたいって嘘をついた」

これは前述の「優柔不断男」及び「浮気性の男」にも通じるところがある。

女が呆れ果てて当然である。

この男は、口では彼女のためと言っているが、結局のところ、面倒を起こしたくないだけなのだ。本当のことを話して、彼女に責められたり泣かれたりするのを引き受ける度量がなかったのだ。それなのに、みんな彼女のためだと、巧みにすり替えている。

こんな男は、自分を救うためなら、他人に罪をなすりつけることなど平気でする。何かトラブルが起こるたび「自分は悪くない、みんな○○のせいだ」と、言い張るだろう。その○○に入るのは、恋人だったり、妻だったり、友人だったり、上司だったり、世の中だったりする。

エスカレートすれば、「いい儲け話がある」と、人を巻き込み、お金を出させておいて、失敗すると、責任を取るどころか「自分も被害者だ」と、言い出すような男に成り下がる。

関われば、一生を台無しにしてしまうだろう。

男に嘘をつかれて、泣きを見る女はたくさんいる。

嘘をつくより、つかれる方がいい、などと綺麗ごとを言って、自分を慰める女もいるが、それはあまりに甘すぎる。自分に対して腑甲斐《ふがい》ないというものだ。

また、ある程度の年になると、世の中には、嘘をつくというより、虚言癖を持った人間が存在することを知るようになる。

そうなると、本人自身が嘘をついている自覚もない。嘘と現実の境界線が見えなくなっている。そんな人間は本当に怖い。

虚言癖の男などとは、一生関わらないで済むのを願うが、人生、どんな巡り合わせが待っているかわからない。

嘘はいつでも、どこにでも、必ず存在する。

目を光らせて欲しいのは、嘘そのものより、嘘をつくという行為の裏側にある人間の本質である。

あなたの男は、最近、あなたにどんな嘘をついただろうか。

6章　ナルシスト男

男はガラスのように繊細。
壊れたらその破片が凶器になる。

スポーツクラブに行くと、時折、鏡の前でうっとりと自分に見惚《みと》れている男を見る。
クイッと胸の筋肉を持ち上げたり、ちょっと身体を斜めにしてポーズを取ったり、その時、隣の人間なんか目に入っていない。ただもう自分だけの世界に浸っている。そして心ゆくまで自分の姿を堪能《たんのう》してから、再びダンベルを持ち上げて、筋トレに励むのである。

見てしまった方は苦笑ものだが、しかし、この程度のナルシシズムはノーマルの範囲だろう。

俺は駄目な人間だ、と、自己評価の低い男よりも断然扱いやすいし、健全である。

それに、どんなにナルシスト男であろうが、人生を重ねてゆくうちに、ふと気づくものである。

「どうやら、世の中には自分より優れた人間がいるらしい」

だからと言って、自分を決して否定はしない。

たとえば、こういう論理に落ち着く。

「確かに、あいつの方がいい筋肉を付けているが、運動神経では自分の方が上だ」

「あいつは出世したかもしれないが、人望は自分にある」

「どれだけ金はあっても、友達のひとりもいない孤独な奴ではないか」

言葉にすれば、負け惜しみと取られるのはわかっているので、口には出さないが、そうやって、男はこっそりと胸の中で、劣等感と優越感のバランスを取ってゆくのである。

しかし、そんなバランス感覚を持てないまま、どんどんナルシシズムがエスカレートしてゆく男もいる。

こうなってくると、本人だけの問題ではなくなってくる。周りにとって、迷惑この上ない存在になる。

そんな真性《しんせい》ナルシスト男は、周りの誰よりも、自分が自分に一番高い評価を与えている。なので、絶えず周りから賞賛を受けていないと安心できない。

だから男であろうと女であろうと、自分以外の誰かが認められるのは納得がいかない。

批判的なことを言われると、たとえ顔で笑っていたとしても、自尊心はひどく傷ついている。傷つくだけならまだしも、相手を憎んでしまうことにもなりかねない。本当にやっかいな男である。

そんな男は、「本来なら」と「でも」を口癖にしていることが多い。

つまり「本来なら、自分はアーティストになるはずだったのに、長男だから両親に諦めさせられた」とか「事業を立ち上げる予定だったのに、でも、土壇場で親しい友人に裏切られた」。

また、テレビに出ている男性タレントをちょっとでも褒めたら（それが男の友人でも、道で擦れ違った誰かでもいい）、とたんに不機嫌になる。

加えて、何かにつけて、アメリカでは、ヨーロッパでは、と言い出す。そこでなら、自分の能力が発揮できるようなことを言うが、英語は話せないし、勉強する気配もない。

すべて、典型的なナルシスト男である。


ある男が、上司から声を掛けられた。

「大変な仕事かもしれないが、やってみないか」

男は上司にこう返した。

「いや、僕なんかまだとてもそんな実力はありません」

それでいて、上司が他の社員に仕事を回した後の、男の荒れまくりぶりは大変なものだった。

「あんな無能な上司は見たことがない。他の奴に回すなんてどうかしている。この恨みは一生忘れない」

つまり、口では謙虚な態度を装いつつも、「そう言わずに、君の実力はちゃんとわかってるのだから、どうだ、やってみてくれ」と、言われるのを期待し、そこで少しもったいをつけながら、「そうですか、そこまで言われるなら」などという演出を考えていたのである。

ああ、何て面倒臭い男だろう。


そんな男を恋人や夫に持ったら気疲れするばかりである。

急に男が不機嫌になったがその理由がわからない、などということが日常茶飯事に起こる。

大概は些細《ささい》なことである。

「自分より友達の約束を優先した」「自分の話を中断した」「人前でないがしろに

した」「恥をかかせた」「自分をもっと理解し、大切にするべきだ」「自分より早く帰って来い」「とにかく、はい、と言え」

自分大好き、だけではとどまらず、どんどん被害妄想がふくらんで、勝手な解釈のもと、自己中心的な男に変貌《へんぼう》してゆくのである。

そんな男は、付き合っている最中も面倒だが、別れた後の方がもっと大変な目に遭う可能性がある。

知り合いの女性は、かつて、ほんの少しの期間付き合っていた同僚男に、別れを切り出したとたん、職場にひどい噂《うわさ》を流された。

男は、別れた理由が、女が会社の上司と不倫をしていたからだと言いふらしたのである。

女性は、それは誤解であると、周りに説明をした。男にも抗議した。まず不倫はまったくの誤解で、ただ目を掛けてもらっていただけだ。別れの理由も、どちらかが悪いのではなくて、互いに性格が合わなかっただけではないか。

しかし、男は聞き入れない。元恋人は、何がなんでも自分は悪くない、原因はすべて彼女の不倫にあると言ってきかないのである。

たぶん、元恋人は自己愛が強すぎるため、フラれたという事実を受けとめることができないのだ。だから「フラれたのではない、不倫したような女なんてこっちから願い下げだ」と無理やりにでも解釈することで、自分を納得させようとしたのである。


執念が妄想を呼び起こす。

自分の気持ちをなだめるためなら、どんなストーリーでも捏造《ねつぞう》する。

最初は、よりを戻したいところから始まったつもりが、それが叶《かな》わないとわかると、復讐心に燃えるようになったりもする。

それこそ、一歩間違うと、ストーカーにもなりかねない。

自分が去るならまだしも、相手が去るのは許せない。

その怒りは、自己愛の裏返しである。


ナルシスト男の本質は、ガラスのように繊細で壊れやすい。

時に、壊れたらその破片が凶器になってしまうことを忘れてはいけない。

7章　無神経な男

気持ちがささくれ立つ……。

無神経男には近づかない。


無神経な男は、自分がそうであるという自覚がない。

言っていること、していること、それが相手にどのような影響を与えるか、そこに思いが至らない。

批判されると「そんなつもりじゃない」「どうして悪意にばかり取るんだ」と、自分の無神経さから目を逸《そ》らし、逆に相手に責任転嫁しようとする。

ベクトルがひとつしかないのである。

もちろん、それは自分に向けてのベクトルである。


無神経な男はここかしこに存在しているが、身近な例から挙げてみよう。

たとえば、断っているのにしつこく付き合ってくれと迫って来る男。

経験がある方もいるだろう。好きでもない、興味もない、意識したこともない男に「好き」と言われた時の困惑。まったく途方に暮れる。

ある女性は、仕事関係の相手から思いを告げられた。

男は仕事の評価は高く、尊敬に値する相手ではあったが、異性として見たことはなかった。何より、女性にはすでに付き合っている男がいた。結婚も視野に入れた付き合いをしているので、断るしかない。

しかし、そうするにしても、これから先もその男とは、仕事上での付き合いが続く。気まずくなりたくない。失礼にならないよう、傷つけることのないよう、決して茶化したり冗談めかしたりせず、「好意は有難いのですが、付き合っている人がいます。申し訳ありません」と、精一杯の礼儀をもって断った。

しかし、男は引き下がらなかった。しつこく電話やメールを送って来る。彼女はうまく伝わらなかったのかと悩み、もう一度、断りの連絡を入れた。その時、男から返って来たのはこんな言葉だった。

「わかってる。すぐに彼氏と別れられるとは思っていないから」

驚いたことに、男は「本当は自分と付き合いたいのに、今の彼氏に義理立てしている」と解釈しているのだった。

どうしてそんなふうに取られてしまったのか、女性は悩んだ。どうやら、最初に断る際「好意は有難い」と、言ったことが原因らしい。誤解を与えた自分が悪かったと反省し、次は、かなりストレートに伝えた。

「結婚を考えている相手がいるので、あなたとは付き合えません」

男はさすがにムッとしたようだった。

「今更何を言ってるんだ。最初は、気のあるような返事をしたじゃないか」

「そんなつもりはありませんでしたが、誤解を招いたのなら謝ります」

「僕のどこが嫌いなんだ」

「嫌いとか好きとかいうのではありません」

「そういう言い方が気を持たせているってことなんだ」

女性は考えた末、決心して、こう答えた。

「わかりました。嫌いです」

「わかった！　バカヤロー！」

結局、こんな最悪の状態になってしまったのである。この後、仕事をするにしてもギクシャクするようになったのは言うまでもない。

これは無神経男の典型的な例である。

相手の気持ちを勘違いしたのは、まだ許せる。もしかしたら可能性があるのではないか、と、望みを捨てられない思いも、ある意味、それだけ情熱的であると受け取れる。

落胆したのは、断られたことに腹を立て、女を追い詰め「嫌いだ」とまで言わせてしまったところである。

恋愛感情がないのは、嫌いとは違う。それは次元の違う感情である。しかし、その男は同義語と思っている。

それはある意味、女を馬鹿にしているのだということを、男はわかっていない。

その男は、女が男に対する感情は「好き」と「嫌い」しか存在しないと思っている。それは、その男自身が、女というものを、恋愛対象かそうでないかのどちらかでしかないと考えているからである。敬意もなければ、人としての価値も感じない。度量が狭い男なのだ。

相手に言いたくないセリフを吐かせるのは、とても残酷な行為である。言う方も言われる方も、結局は傷つく。残るのは後味の悪さだけだ。

粋《いき》な男は、身も蓋もない状況には絶対にしないものである。退《ひ》き際を知っているのである。

物事を自分のものさしでしか計れないこういった男は、無神経だけでなく、独断的にしか物事を考えられない。また自尊心が強く、時に逆恨みをする可能性もある。こちらも、場合によってはストーカーにもなりかねないので注意が必要だ。

さて、ある男が「自分はとても神経質な性格だ」と言うので、心底驚いた。どう考えても、真逆の無神経男である。相手の気持ちを考えず、周りの状況などお構いなしに、言いたいことを言い、したいことをするタイプだ。

しかし、男は心底、自分を神経質だと思っているようである。

男は言う。誰々にひどいことを言われた。あんな仕打ちをされた。皆の前で恥をかかされた。精神的苦痛を受けた。

話を聞いているうちに理解した。

男が神経質になるのは、自分がすることではなく、相手にされることに対してだけなのである。

自分はいつも被害者であり、加害者になっていることは想像もつかない。

こんな男は、無神経の中でもとりわけ厄介な存在である。

もうひとり「自分は周りにとても気を遣っている」という男がいた。

これに関しては、気を遣うのは、自分に利益をもたらす相手に対してだけである、ということに本人がまったく気づいていないところが難儀である。

会社の上司や、立場のある相手、金を持っている人間には、大変に気を遣っている。

しかし、それらと関係ない人間に対しては、気遣いなど皆無である。たとえば力のない部下や、レストランの店員や、タクシーの運転手、コンビニやファストフードのレジ係、自分が優位に立てる客として接する相手、などには横柄な態度をとって平気でいる。

むしろ、鬱憤《うっぷん》を晴らすかのようにわざと絡んだり、ねちっこく嫌味を言ったりする。

それでも男は、自分は気遣いの人間だと信じて疑わない。

笑止千万とはこのことである。

さらに、こんな男もいる。

「自分は無神経なのではなく、ざっくばらんな性格なだけだ」

その男が口にするのは、いつも、言われた方がどうすることもできないことばかりである。たとえば身体的なこと（ハゲとか、チビとか、ブスとか、ババァとか）、もしくは家族のこと（親の職種とか、きょうだいの境遇とか）、更に経歴のこと（学歴とか、出生とか）などを、ストレートに口にする。

それを注意しても、男は言う。

「気を許している証拠だ」「だって、本当のことだろう」「そんな小さなことでぴりぴりするな」「冗談、冗談」。

つまり、自分は人の顔色を窺《うかが》ったり、空気を読んだりするというような、姑息《こそく》な手段は取らないのだと、信じて疑わないのである。

無神経だと自覚していないところが、もう救いようがない。

そんな男は、男というより、人間としての在り方を疑って間違いない。

無神経な男と付き合っていると、気持ちがささくれ立って来る。

それが決定的ではないにしろ、言われたくないことを言われたり、されたくないことをされるのは、毎日が苛立《いらだ》ちとの戦いである。

そして、時には、「何で、そんなことで怒るんだ。もっと心を広く持てよ」とか「言っておくが、正直に言ってやるのは俺だけだぞ」などと言いくるめられ、「もしかしたら、こんなことで腹を立てる自分は、心の狭い人間なのかもしれない」などという思いが湧いて、やがてマインドコントロールされてしまう可能性もある。

無神経な男には近づかない。

それがいちばんの対処法である。

8章　妻子ある男

見返りは何も求めない。
その覚悟があるかどうか——。

妻子ある男を好きになってしまう。

それをいけないなんて誰が言えるだろう。心が動いてしまうのをどうして止められよう。それができれば、世の中、波風立つことなく収まるのだろうが、それができないから、人は人であるともいえる。

しかし、そんな男と関われば、さまざまな煩わしさやトラブルが持ち上がるのは火を見るより明らかだ。それに費やす苦悩とエネルギーを考えると、大変に厄介な男である。

だから「うまくやってね」としか言いようがない。

こんな言い方は、今、泥沼状態にある人は納得できないかもしれない。

しかし、このようにどこか突き抜けた気持ちでいることも必要である。深刻に考えれば考えるほど、ひたすら迷路に迷い込んでゆくだけだ。

自分はこの先どうなるのか。

その不安との戦いが、つまり妻子ある男との恋愛そのものである。

世の中からは不倫と呼ばれ、会いたい時に会えず、周りの目を気にしてふたりで大っぴらに歩けず、電話やメールは偽名を使い、どんなに一緒にいたくても帰る背を見送らなければならない。苦しい、切ない、もどかしい。

その恋はさまざまなハードルを伴っている。

けれども、そのハードルこそが、ふたりの気持ちを盛り上げているのも忘れてはならない。

言い切ってしまおう。不倫の醍醐味《だいごみ》はハードルである。

そして、そのハードルを乗り越えようとしない間は、恋は恋として、熱く燃え上がり続けるだろう。しかし、それを乗り越えようとすると、恋は思ってもいない顔を見せるようになるのである。

いったい男は妻といつ別れるのか。

自分と結婚するつもりはあるのか。

たぶん、この最もシンプルな疑問に行き着くことになる。

実際、妻と別れ、結婚する男もいる。離婚は特別なことではないのである。つまり、そのハードルは絶対に乗り越えられないものではないのだ。それなのに、なぜ、自分の男はそれをしようとしないのか。

頭に入れておいた方がいい現実がある。

男というのは、女が想像しているよりはるかに、社会的アイデンティティを重視する生き物である、ということだ。

社会の中で、自分がどういうポジションに立っているかによって、存在価値を測る。

だから、たとえ妻との関係が完全に壊れていたとしても、別れることで社会的に大きなリスクを伴うのであれば、男は別れない。妻と別れないのではなく、社会と別れないのである。

それは、計算高いとか狡《ずる》いなどというものとは別で、本能的にそうできているのである。

男は女の気を惹《ひ》くため、いろいろと口にするだろう。

「家庭はもう冷め切っている。自分の居場所はない」

「妻とはもう何年もセックスはない」

「別れたいが、子供が大きくなるまで待ってくれ」

その言葉は、たぶん嘘というわけではない。しかし、真実でもない。男にも嘘をついている意識はないはずだ。付き合っている女の気持ちを考えて、少し脚色しただけだと思っている。

同時に、男は家庭でも同じことを言っているはずである。

「やっぱり家はホッとするな」

「周りからはもうおじさん扱いされている」

「いつか家族で海外旅行に行こう。もう少し待ってくれ」


知り合いの女性は妻帯者と付き合って、もう五年ほどにもなる。

彼女は頭もいいし、性格もまっとうである。仕事も責任を持ってしている。冷静で公平な目も持っている。周りからの信頼も厚い。

しかし、付き合っている男のことになると、すべて見えなくなってしまうのである。

男の悪口など言おうものなら、彼女は気色《けしき》ばむ。

「あなたは彼を知らないだけで、そんな人ではない。私たちをその辺に転がってる不倫と一緒にしないで。私は彼を信じている」

彼女はむきになって言う。

しかし、むきになればなるほど、その言葉が疑わしく伝わって来るのである。

彼女は信じていると強調するが、本音のところでは、もう信じるしかない、信じることだけが残された道だと、自分に思い込ませているのではないか。

この本の冒頭にも書いたが、付き合いが長くなればなるほど、ここで別れてしまったらいったい今までの時間は何だったのだろう、無駄でしかなかったのか、という葛藤《かっとう》が湧く。この時間と労力に見合うだけの答えを得るためにも、もう後には引けないという切羽詰まった思いに駆られるのである。

しかし、それはもう愛ではない。意地、もしくは執着。

それでも自分は愛なのだと信じようとする。そうやって美しいものにうまくすり替えているのである。


男が妻と別れ、結婚を実現させ、幸せに暮らしているケースもある。

結婚はしたが、男がまた別の女を作ったという話も聞く。

結婚したために、元妻に慰謝料を請求され、男の方も無一文になり、大変な負担を背負った女性もいる。

結婚しなくても構わない、何も望まない、ただ彼を愛し続けたい、と思うなら、それを貫き通せばいい。

たとえ結果が別れとなっても、男を恨んではいけない。

不倫だろうが、大人同士の恋愛は双方の意思によって成り立つものだ。いわば共犯関係である。選択したのが自分であることを忘れてはいけない。


恋愛に必要なのは勇気である。

しかし、それは恋に飛び込む勇気だけではないはずだ。

恋から飛び出す勇気も持つべきである。

どちらにしても、決着をつけるのは、やはり自分しかいないのである。

9章　優しい男

優しさは頭で考えるものではない。
本能を失っていない男を探せ。

「優しさ」について考え始めると、迷路に迷い込んでゆく。
優しさとはいったい何なのか。
シンプルな意見を持ち出す人がいる。
「優しさを勘違いしてはいけない。バラの花束を贈ってくれるとか、毎日電話をかけてくれるとか、それは優しさとは違う」

そんなことぐらい誰だってわかっている。

それを本当の意味での優しさと混同してしまうほど、誰しも子供ではないはずだ。

それはたぶん、エチケットやテクニックの範疇《はんちゅう》に含まれる。互いが気分よく過ごせるための優しさ。もちろん、それだって必要だろう。


本当の優しさは、イザという時にならないとわからない、と言う人もいる。

普段は素っ気なく、相手をないがしろに扱っていても、イザという時、決して逃げ出したりはしない。そんな時こそ、助け、励まし、手を差し伸べてくれる。

確かにそれは説得力がある。


では、そのイザという時、とはどんな時なのだろうか。

今まで生きて来た中で、イザという時を思い返してみよう。

すると、困ったことに、人生にそうそうあるものではない、ということに気づくはずだ。

そんな少ないイザの時でしか、本当の優しさを知ることができないとしたら、これは難題である。

男の方も大変だ。心の中ではいつも「イザという時は自分が何とかする」と誓っていても、見せ所がないまま「優しくない男」と決め付けられてしまうこともある。

だから、イザなどという、そんな来るか来ないかわからないものに、優しさを賭けてはいけないのである。

バラの花束を贈ってくれたり、まめに連絡を寄越す男が、実は優柔不断でどうしようもない奴だった、ということはよくある話である。しかし、バラも連絡もくれるし、且つ、イザという時に力になってくれる男もいる。同時に、バラも連絡もくれない上に、イザという時にもまったく役に立たない、という男も存在する。

それを思うと、真の優しさがあるかないかなど、一種の当たり外れみたいなものなのである。

男自身も、イザという時、果たして自分にそれがあるのか、自信はないはずだ。

女性にはこういう心理もある。

男は普段、とても優しくしてくれた。それは確かに、本質とは違った優しさかもしれない。しかし、そんな男がイザという時に逃げたとしても、それほど男を恨む気にはなれないのではないか。

失望するよりも、しょうがない、今までたくさん優しくしてもらったのだから許そう、そんな思いになるのではないか。

だから、男たちに言いたい。

どんな優しさでもいいから、出し惜しみせず、普段からどんどん見せて欲しい。

もちろん普段も優しい、イザという時も優しい、そんな男と出会うのが最高だが、それを望むのは贅沢《ぜいたく》というものだろう。

もうひとつ、女には矛盾した心の在り方がある。

ある女性が暴漢に襲われたとする。近くに恋人と嫌いな男がいる。恋人が助けてくれるものと女は信じている。しかし、恋人は逃げ出した。助けてくれたのは、嫌いな男の方だった。

感激するはずである。この男こそ、本当の優しさを持っていた。誤解していたことを悔やみ、見直すだろう。

しかし、では、それが恋愛に発展するかと言うと、たぶんそうはならない。感謝はしても、恋心には作用しない。どころか、見捨てて逃げた男のことが忘れられない、という場合もある。

優しさを考える時、いちばん妨げになるのが、恋愛感情である。

恋愛とは、冷静さを欠き、思い込みと独断の中に存在する、いちばん愚かな状態の自分である。

つまり、恋愛相手に真の優しさがあるかなど、見抜こうとするのは無駄なことなのだ。

こんな話も聞いた。

優しい男の残酷さである。

相手を気遣っていると自分では思っているのだろうが、実は傷つけている、それがわかっていない、という話である。


ある女性が男に思いを寄せていた。

男はいつも優しい。たとえ仕事で疲れていても、彼女の頼みなら何でもふたつ返事で引き受けてくれる。辛抱強く話を聞いてくれる。困った時は助けてくれる。こんなに優しくしてくれる男は他にいない、と、女が惹《ひ》かれるのも当然だろう。

ある時、男からの連絡が途絶えた。彼女が電話をすると、男は情けない声で「仕事でひどい失敗をしてしまった」と落ち込んだ声で言った。彼女は、今度は自分が優しさを返す番だと思い、「私にできることはないか」と尋ねた。しかし、男は「そんな必要はない」と答えた。「気晴らしに呑《の》みに行こう」と誘っても「放っておいてくれ」と言う。遠慮しているのではなく、驚いたことに、どうやら男は本心から、彼女の厄介になりたくないと思っているのだった。

その時の、彼女の落胆と失望。

確かに男は優しい。彼女に迷惑をかけないでおこうと気遣ってくれているのかもしれない。

しかし、その優しさは一方通行でしかない。自分ばかりが優しさを与え、相手からは受け取らない。こちらに優しいことをさせてはくれない。それがとても残酷な行為であることを、男はわかっていないのである。

優しくして欲しい、同時に、優しくしたい。

それが対であることを知らないと、優しさは別のものになる。

さて、ある男が命を懸けて人助けをした。

一歩間違えば、自分が死んでいたかもしれないのに、だ。

周りの人間は「あの男こそが真の優しさを持っている」と、称《たた》えた。

男はこう言った。

「気が付いたら、勝手に身体が動いていた」

優しさは、きっと頭で考えるものではないのだろう。

母親が、身を挺《てい》して子供を守るのは、愛情ではなく本能であると言われている。優しい男を見つけたいのなら、本能を失っていない男を探す必要があるかもしれない。

10章　マザコン男

男は永遠に子供である。

それを受け入れるかは女の度量。


マザコンと聞いただけで、拒絶反応を起こす女性は多いはずだ。

ある女性は、付き合っている男に初めて両親を紹介された時、男が母親を「ママ」と呼んだことに耐えられなかったという。普段の会話の中では「おふくろ」と呼んでいたので尚更だった。

わからないでもない。「ママ」は幼児語の印象がある。母親離れしていないと思われても致し方ない要素だろう。

男が何につけても会話に母親を持ち出すようであれば、マザコン傾向が強いのは否めない。

会話の途中、「その話だけど、おふくろが言うところによると」

食事をしている時、「この料理、母親が得意なんだ」

次のデートの約束に、「かあさんに勧められた映画だから観てみないか」

などと、何かにつけて持ち出されたら、恋心もしぼんでしまうだろう。

こんな男は嫁姑《よめしゅうとめ》のトラブルの際も姑の方につくに決まっている、と懸念してしまうのも無理はない。

言い切ってしまうが、男はみなマザコンである。

当然である。男にとって、母親ほど自分を無条件に受け入れてくれる存在はないからだ。

たとえ母親との縁が薄かったとしても、たとえ幼い頃に母親から心に傷を与えられたとしても、「母親」という対象への強い気持ちは薄れない。むしろ、胸の中に息づいている理想の母親像への憧憬《どうけい》は強くなる一方だろう。

確かに、恋人や妻が口にする不満を母親は言わない。「私と結婚する気はあるの」も「どこにも連れてってくれない」も「給料が安い」も「疲れてるのは私も同じ」も。

何しろ、オムツを替えてもらった相手である。今さらカッコつける必要はない。のびのびと、駄目な自分でいられる。

つまらない話も聞いてくれるだろう。好きな料理を作ってくれるだろう。思いきり我儘《わがまま》も言えるだろう。とにかく甘えさせてくれる。

母親とは、男として、社会人として、背負わされた面倒な役割を脱ぎ捨てて、ただの男の子に戻れる唯一の存在なのである。

こんな居心地のいい相手はいない。いちばん気が休まる相手、というのも当たり前である。

そしてまた困ったことに、母親の息子に対する思いというのも、底知れない深い情愛がある。

息子のいる友人に聞いてみると、「娘より息子の方がずっと可愛《かわい》い」と言う。

「やっぱり娘とは女同士、ライバルになってしまう。その点、息子には男の子としてどこか恋愛感情に似た愛情を抱く」

親子といえども、やはり男女の性の違いが存在するのである。

だから、マザコン男と息子離れしていない母親との組み合わせであれば、これはもう、自分の割り込む隙《すき》はないと思った方がいい。


以前、デパートを歩いていたら、四十半ば過ぎの女性が、大学生くらいの息子に買物袋をたくさん持たせて歩いているのを見た。

その息子というのがまたすごくカッコいいのである。母親は得意満面だった。

人が振り向くような見映えのいい息子に自分の荷物を持たせてお供させるなんて、最高の贅沢《ぜいたく》である。あれを見た時、私もたまらなく息子が欲しくなった。

更に、今の母親は若く、美しく、お洒落《しゃれ》で、話上手でもある。

年齢だけの若さが取り柄の女では、まだまだ太刀打ちはできないだろう。

「でも、母親とはセックスできないでしょう」

と言いたい女性もいるかもしれない。

もっともである。そこはかなりの強みになるだろう。

しかし、そのセックスが、時には男を追い詰めることにもなる。

セックスに対する葛藤《かっとう》は、女以上に男は持っている。これでいいのか、相手を満足させているのか、下手と思われているのではないか、他の男と比べられているのではないか。

もちろんセックスは楽しいだろうが、セックス抜きでべったりできる女の方が安心できる時もあるのである。


この男はマザコンなのか、こればかりはすぐにはわからない。

たとえば、前述したように、何かあるとすぐ母親を持ち出すというのは、わかりやすい。しかし、時には正反対のことをしておきながら、マザコンであることもある。

ある女性が付き合っていた男は、いつも母親のことをボロクソに言っていた。男の実家に行っても、顔を出す母親に対して「引っ込んでてくれよ」などと、乱暴な口をきく。むしろ、女性の方が「もっとお母さんを大切にするべきだ」と意見するくらいだった。ただ内心では、これなら結婚してもマザコンに悩まされることはないだろうと安心していた。

ところがある日、男はすごく落ち込んでいた。仕事がうまくいかなかったのか、身体の調子が悪いのか、重大な悩み事でもあるのか、心配で尋ねると、男はこう答えた。

「ゆうべおふくろと喧嘩《けんか》した」

見たこともないほどに消沈し、肩を落としているのである。

彼女は驚いた。たかが母親と喧嘩したくらいでどうしてそんなに落ち込まなくてはならないのか。彼女にしたら、母親との諍《いさか》いなどしょっちゅうである。

男にとって、母親は何を言っても許される存在であったのだろう。だから接する態度も横柄で、思い切り我儘《わがまま》に振る舞っていた。ところが、そんな母親からガツンと一発くらってしまったのである。母親に拒否されることに慣れてないだけに、それだけでヘナヘナと腰砕けになってしまったのである。母と息子の間には、計り知れない絆《きずな》があるのである。


以前、面白い企画をやっていた。

銀座のクラブに、二種類の男を連れてゆくのである。二種類とはもちろん、マザコン男と、そうでない男だ。

そしてホステスに相手をしてもらい、どちらの男の方に好感を持つかと調査をした。

当然、そうでない男と思うだろうが、軍配はマザコン男に上がったのである。

ホステスたちの感想はこうだった。

「マザコン男は聞き上手である。女の話に熱心に耳を傾けてくれる。そうでない男は、自分が楽しむのを最優先して、女に気を遣わない。マザコン男を見ていると、何だかついあれこれ世話をやきたくなってしまう。これがきっと母性本能を刺激されるということなんだろう。子供がいない自分だが、やはり女にはそれがあるのだと、改めて思った」

相手が極度のマザコン男であれば、敬遠するのが賢い方法だと思う。

しかし、ややその傾向が見える、ぐらいなら鷹揚《おうよう》に受け入れてもいいようだ。

たとえば、男にとって自分がどんな存在であればいいのか、を考えた時、恋人とか妻とか、ひとつのパターンしか持てない女というのは芸がない。

時には友達にもなる、時には姉にも妹にもなる、そして時には母親にもなれる、そんなキャパの広い女になることである。

11章　情熱的な男

熱烈なアプローチの落とし穴。

肝心なのは燃え切った後に残るもの。


ラテン系の国へゆくと、女の多くは気分がよくなるはずである。

まったく彼の国の男の女にかける情熱ときたら、ほとんどサガと呼んでもいい。

「僕は君と出会うために生まれて来た」などと、臆面《おくめん》もなく言ってのける。

もちろん、それは本心ではなく一種の礼儀だ、ということはわかってる。しかし、それに慣れてしまうと、何も言われない時「私は女として失格なのではないか」と思ってしまうから不思議である。

どうせ恋をするなら、湿った薪《たきぎ》のように燻《くすぶ》るのではなく、メラメラと炎が燃え上がるような恋がしたい。

恋に情熱的になることに、照れやミエを持つ必要なんてない。恋というものは、一種の自我喪失状態なのだから、浸ってしまえばいいのである。

しかし、情熱的な男にも問題がないとは言えない。

その燃え上がる炎の裏に、とんでもない顔が隠れているからである。

「君と結婚できないくらいなら、ビルから飛び降りる」

と、言われた女性がいた。

何をバカなことを、と、彼女は思わず笑ってしまいそうになったが、男の顔は真剣そのものである。

彼女の心は揺れた。これほどまでに自分を思ってくれる男など他にいないのではないか。いくつか恋もして来たが、死ぬ、とまで言ってくれたのはこの男だけだ。女は愛されて結婚するのがいちばんだと聞く。多少の不満はあるが、この男なら間違いないのではないか。

そう思って、女性は結婚を決めたのである。

しかし、いざ結婚してみると、男の態度は変わり始めた。

まず、やけに居丈高《いたけだか》になった。まめさは消え、何事に対しても面倒くさそうな態度をとる。帰りが遅いことに対して何か言うと「うるさい」と怒鳴る。いったいこの変貌《へんぼう》は何なのか。

結婚前、男は確かに情熱的だった。しかし、その情熱は彼女に対してというよりも、彼女と結婚する、というところにあったのだろう。もっと言えば、彼女を想う自分に対する情熱だったのだ。だから、その目的を達成させた時点で、彼女の存在は色褪《いろあ》せたものになり、情熱はさっぱりと消え去ったのである。

そして、その男は新たな情熱を見つけ出した。

早い話、別の女である。もう手に入れてしまった女より、今から手にする女の方が魅力的に見えるからだ。

結局、三年で離婚という結果となった。

離婚に際して、結構、凄惨《せいさん》な状況になったようである。

残酷な言葉も浴びせられたという。あれほど情熱的だった男の豹変《ひょうへん》に、彼女はすっかり傷ついていた。

「私と結婚できなかったらビルから飛び降りるって、あれはいったい何だったのだろう。こんなことになるなら、あの時、飛び降りてくれればよかった」


以前の男の情熱に嘘はなかったのだろう。確かに心から彼女と結婚したかった。しかし、見方を考えてみると、それは単なる子供っぽい独占欲から来ていたことがわかる。つまり、子供が気に入ったおもちゃの前で「これ買ってくれなきゃ死んじゃう！」と、駄々をこねるのと同じレベルのものである。

それを手に入れた時、喜びはひとしおだろうが、新しいおもちゃを見れば、また欲しくなる。

何より困るのは、それを男自身が自覚してないところである（これは、情熱的な男に限ったわけではなく、連動する男はさまざまにいる）。

むしろ、自分は正直に生きている、と思い込んでいる。

男が、情熱を向けている先は何なのか、それを見極める目を持っていないと、後になって「こんなはずじゃなかった」と、唇を嚙《か》むことになるだろう。

何も恋愛だけでなく、人生の中に、情熱的な男は頻繁に登場する。時に、それは感動を味わわせてくれるが、時に、はた迷惑この上ない存在になる。

たとえば、こんな男に覚えはないだろうか。

イベントがあると、周りのやる気を奪い去るほどやたら張り切る男。

会議で、口角に泡をたてながら熱弁を奮う男。

飲み屋で、周りの迷惑も顧みず、人生とやらを声高に語る男等々。

彼らは、人を動かすのは情熱であると信じ込んでいる。

そんな男は、たとえ失敗しても、情熱を持ったことで自分を納得させるだろう。やるだけのことはやった。精一杯頑張った。だから自分は悪くない。

しかし、それは子供の発想である。
大人は自分の情熱を、失敗の言い訳にしてはいけない。

情熱はいつか必ず冷める。
だから、相手の情熱にほだされてはいけない。
たとえどんなに熱烈に愛を告白されても、たとえどんなに熱弁を振るわれても、
冷静さを欠いてはいけない。

情熱は炎のように燃え、やがて消える。
肝心なのは燃え切った後に残るもの。
灰の中にこそ、本物が存在しているのである。

12章　お金にルーズな男

お金の前で、人は思わぬ本性を晒《さら》してしまう。

人間関係を、特に恋愛関係をシラけさすものに、お金がある。

恋愛とお金は次元の違うものだとわかっているが、百パーセント切り離せないというのも現実である。

お金は大事だ。すべてではないが、大事だ。

それは、お金持ちだから安泰である、とか、貧乏だから生活が苦しい、などというレベルでは許れない、人間の在り方そのものが見えて来る。

あったらあったなりに、ないならないなりに、お金との付き合い方をわきまえておかないと、手痛い目に遭ったり、大切なものを見失ってしまったりする。

ポイントはお金の有無ではなくて、その使い方だろう。

よく聞く話だが、ある女性の恋人はお金がない。

働いていないわけではないが、賃金が低く、家賃を含め、生活費でほとんどが消えてしまう。男はいつも「もっといい仕事を見つけたい」と言っているが、なかなかそうならないのが今の世の中である。

彼女の方は、正社員として働き、それなりに安定した収入がある。少ないながらも、毎月、積立預金もしている。

お金のないのは、男のせいじゃない。それはわかっている。運が悪いだけなのだ。いつかきっと、男に見合う収入が得られる仕事に就けるに違いない、と女性は信じている。

なので、今はデートの費用は、彼女持ちになることが多い。

男は最初、そのことに抵抗を感じたようである。やはり、男の面子というものもあったのだろう。だから無理してでも自分で払おうとする。たとえ明日のお昼を抜くことになっても、だ。

しかし、彼女は気が咎《とが》めてならない。そんなに無理しなくても、と思ってしまう。それに時々男が「会えない」と言うのも、口にはしないが、お金がないからだとわかっていた。すると、たかがそんなことぐらいで、と思ってしまう。

ついに彼女は言った。

「お金なんて持っている者が払えばいいの。これからは私に任せて」

それがきっかけとなって、デートの費用はすべて彼女が持つようになった。

そうして半年、一年と過ぎていった。

最初は遠慮していた男も、近ごろでは伝票を取ろうともしない。会計になると、先に立ち上がって、お店の前で待っている。ありがとう、も、ごちそうさま、もない。

何もお礼が言われたくて払っているわけではない。しかし、それがあまりに当然になった時、彼女の気持ちの中に、理不尽なものが広がっていった。

何か違うのではないか。

男はお金がないのだから仕方ない、それがわかっていても、もうそれだけでは自分を納得させられなくなっていたのである。

しかし、彼女はそれを口にできなかった。もともと言い出したのは自分である。そんなことを思うこと自体、とてもケチ臭い人間のように思えてしまうのである。

ある時、男は自分の友人を呼び、その分まで払わせた。やがて「少し都合してくれないか」と、頼み込むようになった。その金額も嵩《かさ》んでいった。

気が付くと、男はいつしか、女にお金をたかる男に成り下がっていた。

結局、ふたりは別れてしまったが、その時、彼女はこう言っている。

「情けない男だったと思う。でも、彼をそんな男にしてしまったのは、自分のせいかもしれないと考えることもある。お金がないなら、ないなりに付き合えばよかった。お金を女にたかることを、少しも恥ずかしくないことだと思い込ませたのは、自分だったのかもしれない」

糟糠《そうこう》の妻という言葉がある。

単純な言い方をすれば、苦労時代を支えてくれた妻である。

男が成功した時、今まで世話になったことを心から感謝し、これから恩に報いるから、と、話としては大団円となる。

しかし、常にそうなるとは限らない。

男によっては、お金を手に入れた途端、相手をバッサリ切り捨ててしまう場合もある。

その理由のひとつとして、妻の顔を見ていると、かつてのお金のない、女に食わせてもらっていた情けない自分を見せ付けられているように感じるからだ。その時の、屈辱感を払拭《ふっしょく》できないのである。

お金の面倒をみる。

女にとっては愛の行為でも、その場では男も感謝したとしても、実は男は心の奥底で女を憎んでいる可能性もあるのである。

ヒモは、お金をたかるのを職業としている。

彼らを許容するわけではないが、お金を受け取るだけの「何か」を、彼らは女に提供している。

そこに、愛情とはまた別の、きちんとした利害関係が存在している。女だって先刻承知のはずである。

厄介なのはお金を受け取りながら、自分はヒモではない、と思っている男の場合である。

そんな男は、対価となるその「何か」を持ちえていないので、「支払い」ではなく「献金」にすり替えようとする。献金させるためには、自分を崇《あが》めさせなければならない。自分の存在そのものに価値がある、と女に思わせなければならない。そのために、次第に女の心をコントロールしようとする。支配的になることで、金銭授受の帳尻を合わせようとするのである。

エスカレートすれば、すべてを食い尽くされるだろう。

こんな男とは、一刻も早く別れるよう、お勧めする。

まさかと思うが、そんな男に対してまで「これは彼の精一杯の強がりで、私からお金を受け取る彼も辛いんだ」などと、ほだされているとしたら、これはもう世の中すべてに背を向け、ふたりの世界に浸るしかないだろう。

さて、女にお金をたかる男は興醒《きょうざ》めだが、気前のいい男も問題である。気軽に保証人になってしまう男など要注意だ。これは、とにかく他人にいい格好をしたい、褒められたいといった心理が働いていて、自分の欲求を満足させたいだけである。

結婚した相手が、知らないうちに保証人になっていて、すべての財産を失ったという話などめずらしいことではない。

かといって、ケチな男はストレスがたまる。

何かにつけてお金の話題を持ち出す男は無粋である。

お金に無頓着《むとんちゃく》な男は、楽天的なのではなく、計画性がないだけである。

お金がなければ人生を愉《たの》しめない、と考えている男は始末に悪い。

挙げていけば、きりがない。

お金は、時に、人を変えてしまう魔物である。

お金の前で、人は思わぬ本性を晒してしまう。

お金は、便利に生活できるよう、人間が作った道具である。

しかし、時にナイフという道具が凶器に変わるように、お金という道具もまた、その危険性を孕《はら》んでいるということを忘れてはならない。

13章　マナー知らずの男

無自覚であることは
決して無実ではない。

マナーは、土地や国によって異なる。
鼻をかむ時、大きな音をたてても許される国もあるだろうが、日本ではなかなかできない。お茶を飲む時、音をたてるのは恥ずかしい行為とされる国もあるが、日本で熱い焙《ほう》じ茶やうどんの汁をすする時、それをやっても白い目では見られない。食後はげっぷをするのが礼儀とか、子供の頭をなでてはいけない、などという風習もある。

これらは習慣の違いであって、マナー知らずとは意味合いが違う。

しかし、基本的なところは万国共通、日本も外国も同じはずである。簡単な話である。他人を不愉快にさせない、それだけである。

他人との接し方、社会との接し方において、マナーを知らない男ほど見苦しいものはない。

もしかしたら許される国があるのかもしれないが、少なくとも日本を始め、世界の多くで他人に不愉快な思いをさせる行為に、どこにでも唾《つば》を吐く、というのがある。

まさに汚いのひと言。これをやる男に対して、幻滅する女は多いはずだ。

どうして世の中にはあんなに唾を吐く男が多いのか。女ではまず見られない。喉頭《こうとう》の作りが違っていて、唾液《だえき》の分泌《ぶんぴつ》が多いのか。痰《たん》が絡むということはあるかもしれないが、ティッシュで始末すればいい。なぜ、公共の道や場所でペッとやるのか理解できない。

サッカーは好きだが、選手が芝生の上にペッと吐くのだけは嫌いだ。あの後、もし他の選手が転んで顔にベタッとくっついたら、すごく気持ち悪いはずだ。想像しただけで胸がムカつく。紳士のスポーツでも、唾は許されるのか。

どこにでもゴミを捨てる男にもゲンナリだ。

たぶん、誰もが目撃したことがあると思うが、車が止まり、ドアが少し開いて、何をするかと思っていたら、灰皿の吸い殻を捨てるのである。車の走行中、窓からコンビニの袋に入ったゴミを投げ捨てるのを見たこともある。その男が、息子でも恋人でも夫でもなくてよかったと、つくづく思う。

もちろん、これは男に限ったことではない。女にだっている。人格の問題なのである。

彼らは唾にしてもゴミにしても、目障《めざわ》りなものは自分の視界の外に出してしまえば、それで消えると思っている。そういう奴は、恋人や友人もいらなくなったら、きっとその辺りに捨ててしまう。自分さえよければいい、という身勝手さが透けて見える行為なのである。

中でも、セクハラは、マナー知らずの最たる例と言えるだろう。

最も困るのは、自分がセクハラ行為を行っているという自覚がない男が多いことだ。

よく挙げられる発言に「早く、結婚しろ」「子供はまだか」がある。

それはセクハラである、と指摘しても「幸せになってもらいたいという、好意から言った」と、本気で思っているところが始末におえない。

無自覚であることは決して無実ではない、ということを一刻も早くわからせるべきである。

また、こういった男は、時にパワハラ、モラハラ、DVに発展する可能性がある。これは無自覚とばかりは言えないが、言い訳は、みな同じである。

「そんなつもりはなかった。相手のためを思ってのことだった」

つまり、誰でもない、自分自身を丸め込んでいるのである。

許しがたい男たちである。

ただ、マナー違反に真っ向から立ち向かうことによって（それは評価される対応ではあるが）、却《かえ》って他人を不愉快にさせるケースもある。

ファミレスで、母親たちが会話に熱中し、子供が走り回っているのに、放ったらかしという状況があった。

ひとりの中年男が突然立ち上がり、「うるさい！　何とかしろ」と、怒鳴った。母親たちは驚き、「すみません」と謝って、慌てて子供を自分の席に連れて行ったが、中年男の怒りは収まらなかったようである。母親たちに「躾《しつけ》がなっていない」「他人の迷惑を考えろ」などと、怒鳴り続けた。

中年男の言い分は確かに正しい。放ったらかしの母親たちの行動はどうかと思う。

しかし、周りの客たちは、走り回っている子供らより、中年男の怒鳴り声の方をよほど不快に感じていたはずである。その男がひどく得意げな様子であることに、いっそうその思いを深くした。

正論もまた、マナー違反になる時もあるのである。

行儀が悪い男は、時に魅力的に映る。

常識に縛られていない生き方が、好意的に受け止められる時もある。

しかし、マナー違反の男に関わると、ストレスがたまるばかりだ。

なぜ、彼らはそうなるのか。

要するに、想像力のなさ、のひと言につきると思う。

自分の言動が、相手や周りにどんな影響を及ぼすか、それを思い巡らすことができないのだ。

若い男の子や女の子なら、まだ改善の余地はあるだろう。しかし、大人になると、感情そのものが硬化しているので、簡単には治らない。

職場や近所、飲食店、ショッピングセンター、イベント会場、旅先、電車の中、とにかく人の集まる場所には必ずいる。

無視するか、注意するか、必要悪と諦めるか。

どう対処するべきか、思案のしどころである。

14章　俺について来い男

男にとっての男らしい男と、
女にとっての男らしい男は違う。

知り合いの女性から「結婚を決めようかと思っているんです」との連絡があった。

彼女は三十代前半で、当然仕事を持っている。それは彼女がずっと望んでいたインテリア関係の仕事で、バリバリ働いて来たのだが、最近、行き詰まりを感じていた。

新しい上司とソリが合わない。なかなか自分の望む仕事が回って来ない。人手が足りずやたら残業が多い。それなのに給料が安い。体力的にも辛い。

ここに来て、いろんなことがどっと押し寄せて来たようなのだ。

相手はどんな男かと尋ねた。

「ひと口で言えば、男らしい人。彼といると安心できるんです。私が仕事でぐちゃぐちゃな時、『わかった。すべて俺に任せておけ』と、胸を叩いて言ってくれた。頼りがいがあるというか、女ってやっぱりこういうのに弱いんですよね」

めでたい話であることは間違いないが、何か気持ちにひっかかるものがあった。それが何なのか、その時はまだよくわからなかった。

それからひと月後。彼女からの電話は幸せそのものだった。

「彼と付き合い出してから、運がいい方向に向いて来たようです。最近は仕事も順調、上司も理解を示してくれるようになりました。大きな仕事も任せられたし、いいことは重なるものですね」

相手の男は、デートの費用をワリカンにするのはとんでもないと思うタイプである。みんな自分が持ち、帰りはきちんと家まで送ってくれ、道では女を道路側に歩かせず、重い荷物は全部持ってくれ、セックスも強い。

まさに男の中の男、ということで、彼女はすっかり彼に頼っているという感じだった。

ところが、結婚が迫ったある日、彼女の声はひどく沈んでいた。

「何か違うような気がして来たんです」というのである。

話の内容はこんな感じだった。

最近の彼女は、仕事もうまくいき、また前のように頑張り始めていた。今はもう、残業の多いのも苦にならない。出張も積極的に出るようになった。

しかし、男はそれが気にくわないらしい。

「俺より仕事を優先させるのか」

が、男の言い分である。

確かに仕事がうまくいかない時もあったが、彼女にとっては好きで始めた仕事。結婚しても、ずっと続けていこうと思っている。

仕事を優先するのは、男も同じである。仕事が入れば、約束が反故《ほご》にされることもある。それはお互いさまではないか。それなのになぜ、女が仕事を理由にすると腹を立てるのか。

しかし、それについて話し合おうとしても、男はこう言うばかりである。

「いいから、とにかく黙って俺について来い」

最初に感じたひっかかるもの、それがこれだったのである。

この「俺について来い」タイプの男は、なかなか厄介である。根本的に悪意がないので、なおさら話はややこしくなる。

そして女の方も、このタイプの男を、男らしい男、と思い込んでしまうから始末に悪い。

「俺について来い」の裏側には「俺の言うことを聞いていれば間違いはない」という自信が隠れ、それを掘り下げると「おまえは何も考えなくていい」という女を見下した意識があり、それはつまり「女は馬鹿だ」という傲慢《ごうまん》さに繋《つな》がっているのである。

誰しも、落ち込んでいる時、がっちり抱きとめてくれる男に惹《ひ》かれる。

しかし、問題は、落ち込んでいる時というのは、いつまでも続かないということだ。徐々に思考は上昇していき、いつか立ち直る。

その時、男の頼もしく思えた部分が、逆に重荷になって来る。

女性の言い分が正しいとか間違っているではない。たとえ間違っていたとしても、男にそれを封じ込める権利はない。聞く耳を持たない姿勢は、ひとつの暴力である。

このような男とは、結婚前は何とかやっていけるとしても、結婚してから問題が前面に出て来る。

「家事は女がするものだ」

「家のことがちゃんとできるなら、働きに行ってもいい」

「子供には母親が付いていてやるべきだ」

挙句の果てには「俺が一家の主だ。文句を言うな」というレベルにまで達してしまう恐れがある。

今時、こんなことを言う男などいるはずがない、と思いたいが、皆無とは言えないだろう。

つまり、男はこうあるべきだ、と自分が思い込んでいるのと同様に、女とはこうあるべきだ、という固定観念に縛られているのである。

だから自分の考えている女の枠からはみだすことが我慢ならない。

かつて、その手の男と結婚した女性が、結婚すれば何とかなるだろうと思っていたが、結局、男の論理に押し切られ、家事はすべて彼女の仕事となった。共働きの彼女は、いつもぐったりと疲れ果てていた。

これで子供ができたら、自分が仕事を辞めるしかないのだろう、とも言っていた。それが嫌だというわけではない。ただ、それしか選択肢がないと、頭から思い込んでいる男の姿勢が納得できないのだと。

誰にだって、「黙って俺について来い」と言われたくなる時がある。肉体的にも精神的にも疲れ切っている時、もう自分の意志など捨てて、全面的に誰かに頼り切ってしまいたい、と思ってしまう。

しかし、それは今だけのことである。しばらくすればまた元気を取り戻す。自分の意志が湧いて来る。その時、男はきちんと女をひとりの女性として、人として認めてくれるだろうか。

そういう意味でも、相手を選ぶ時、女性自身が平静な状況時に知り合った男がいちばん正解である。

昂揚《こうよう》している時、落ち込んでいる時は、どうしても見るべきところを見逃したり、見ているつもりで目が曇っていたりする。

男にとっての男らしい男と、女にとっての男らしい男は、真逆の男であるのかもしれない。

15章　めめしい男

どんな状況でも人生を愉《たの》しめる。

それが男の評価の分かれ目。


めめしい、は、女々しい、と書く。

その文字を見て、ムッとする女性は多いはずだ。

古典の世界ではそうでもないようだが、現代では意気地がない、弱々しい、うじうじしている、なよなよしている、というような意味になっている。それを女をふたつ連ねて表現するなど、失礼な話ではないか。

この言葉の意味を決めたのは男だったに違いない。つまり、男たちが女性に持つ身勝手なイメージである。

女性には決して付かない形容詞であることが、まさに証明している。なので、ここでは「女々しい」ではなく、あくまで「めめしい」と書くことにする。

めめしい男の代表的なタイプは、とにかく愚痴る男だろう。

若い頃は「隣りの部屋の音楽がうるさくて、勉強できなかった」と、試験の失敗を愚痴り、女に振られたら「本当の自分を、彼女は全く理解してくれなかった」と愚痴り、会社では「上司が無能だから下が苦労する」、同期に対しては「みんな、ライバルを蹴落とすことしか考えていない」、部下には「口ばっかりでやる気がない」と、愚痴り、お金を落として「自分は生まれた時から運が悪かった」と、愚痴る。

あまりにも愚痴が多いので、周りから「いい加減にしろ」と非難されると、「おまえには思いやりってものがないのか」と、更に愚痴る。

愚痴りたい気持ちは誰にでもある。お互い様なのだから、という思いもある。

しかし、それに甘えて度を過ぎると、周りの雰囲気を一気に暗くする。後ろ向きの話ほど、大切になるのはオチである。その愚痴を、最後、笑いに持って行けるならいいが、後味の悪さだけを残す愚痴は迷惑でしかない。それを知らずに愚痴を垂れ流す男は、めめしい男以外の何者でもない。

泣く男、というのもいる。

男の涙は、そこはかとなく胸をしめつけられるものだが、それにも限度がある。人前で泣くのを厭《いと》わない男。涙を武器にする男。思い通りにならないと泣く男。泣くのを恥じない男。

それのどこが悪い、納得できないと、男からは非難を受けるかもしれないが、女の涙とは違うのだ。誤解を承知で言うが、女の涙は生きるための知恵でもある。しかし、男は涙を安売りしてはいけない。我慢して、我慢して、我慢した果てであってこその涙である。

ひとりで流す涙こそ、男にはふさわしい。

すがる男、というのもいる。

女性から別れ話を持ち出され、「頼む、捨てないでくれ」と、道路で足にしがみついた男を知っている。

これを女冥利《みょうり》につきる、と思える女は、本当にいるのだろうか。


難癖男はどうだろう。

正直なところ、この難癖男が、いちばん厄介な男である。

何かにつけて、ケチをつけないと気が済まない。

もしかしたら、本人は何も言えずに黙って引き下がるより、ずっと男らしいと思っているかもしれない。

それは認めるところもないではないが、難癖男がそれをするのは、明らかに自分の方が優位に立っている時だけだ。

食事に行っても「高い割にはまずい」「店員の態度が悪い」「インテリアが悪趣味だ」と、必ず文句をつける。

正当な言い分に関しては、女も同意するはずである。

しかし、文句を言えるのは、誉《ほ》めることもできる男である。文句をつけるばかりで、誉めることのできない男は、ただの難癖男でしかない。

そういう男はなぜ誉めないか。

誉めると、負けたような気になってしまうからである。

逆に言えば、文句さえつけておけば、自分の価値が上がると勘違いしてるのである。こんな男と一緒にいると、気持ちは荒《すさ》むばかりである。

ある女性が、男と初めて旅行して「この男とはやってゆけない」という結論で帰って来た。

どうやら、ホテルの部屋がひどかったらしい。

男はかなり頭に来たようで「これじゃ旅行会社に騙《だま》されたようなものだ」と、ひたすら文句を並べまくった。

しかし、部屋は変えられず、三日間、ここで過ごさなければならない。それがわかっても、男はまだ文句を言い続けるのである。

部屋がひどいというのは、確かに気分が悪い。しかし、せっかくこうして旅行に来たのだ。それだけですべてを台無しにしたくはない。とめどなく文句を言い続ける男の態度に、さすがに彼女もうんざりした。

「こんな男と結婚したら、ちょっと不愉快なことが起きると、延々とこういうことを聞かされるんだろうな、と思ったんです」

そんな人生など、想像しただけで辟易《へきえき》する。

もしその時、散々文句を言ったにしろ、男が最後に「確かにひどい部屋だけど、窓からの景色はいいな」とか「考えようによっては、時代遅れの連れ込みホテルみたいで面白い」など、さらっと気持ちを切り替えられるようであれば、彼女は新鮮な驚きで男を見直したはずである。

楽しむというのは、楽しいことが必要なのではない。どんな状況でも、それを楽しんでしまえる度量の広さ、これがモノを言うのである。

めめしい男とは、そういった度量の広さに欠けている男に他ならない。

16章　手の早い男

セックスするかしないかで、
恋の行方は決まらない。

手の早い男をとやかく言うつもりはない。

ここで言う手の早い男というのは、出会うや否や、とにかくセックスしたがる男を指している。

そういう男はいるだろうし、女の方もそれでいいなら、何の問題もない。

互いに大人なのだから、肉体的欲求を満たそうとするのは、ある意味、しごく自然な流れである。

ただ、これは恋愛とはまったく別の話である。

もし、恋愛とセックスをセットにして考えたいと望むなら、ここは思案のしどころである。

手の早い男は、基本的に相手が誰であるかはどうでもいい。

その時に、その女と、ヤリタイだけであって、誘って、相手が受け入れてくれたならラッキーであり、後のことまで考えていない。

当然である。男がしたいのはセックスであって、恋愛ではないのである。

何とわかりやすい思考だろう。

だから、問題は、女性の方になる。

もし、女性が男とセックスだけでなく、恋愛をしたいと望んでいるとしたら、こんな形でセックスするのはプラスかマイナスか。

遊びではなく、まじめな気持ちで付き合いたいと考えているのだから、ここで受け入れたら、今まで男が気楽にセックスしてきた女たちと、同じライン上に並べられてしまうのではないか。

しかし、断ってしまったら、もうチャンスは訪れないかもしれない。


ある女性の話をひとつ。

彼女は前々からその男のことが好きだった。しかし、その男はとにかく女に手が早い。付き合っている彼女はいるが、構わずその場その場で遊んでいる。女を泣かしているとの噂《うわさ》も耳に入っている。

それゆえ、彼女は一定の距離を置き、友人のひとりとして付き合い、一番心地よい関係でいることを選んでいた。しかし、このままでは恋愛に発展する可能性はない、ということも理解していた。

しばらくして、彼が付き合っていた女性と別れたとの噂を聞いた。今は誰もいないという。彼女の心は揺れた。

実は、その男に好意を寄せているのは、彼女だけではなかった。

その女性をM子と名付けよう。M子もまた、男を狙っているのだった。

M子は美人である。その上、大胆な面もある。このままではM子に男を取られてしまうかもしれない。彼女は焦《あせ》りを感じ始めるようになっていた。
ある夜、仲間うちの呑《の》み会の帰り、ふたりきりになった。いい雰囲気になって、
彼女は男に誘われた。
「ホテルに行こうよ」
もちろん、期待がなかったわけではない。
しかし、これはチャンスなのか。それとも、ピンチなのか。
女性は頭を巡らせた。
もちろん、セックスに対する欲望もあった。
これで恋愛関係になれるなら迷いはない。しかし、結局遊び相手のひとりにさ
れるだけなのは嫌だ。
ただ、男のことはM子も狙っている。ボヤボヤしていたら先を越されるかもし
れない。M子なら、身体を張ってでも欲しい男を手に入れようとするだろう。
どうしよう、受け入れるか、拒否するか。
葛藤《かっとう》は続き、最終的にどうなったかと言うと、彼女は、一度目は保留にしよう
という結論に達した。ただ、これですべてのチャンスを失いたくないという思い

もあり「それは今度にしたい」、と継続の意志も含めて伝えた。男も「わかった、じゃあ今度」と笑顔で答えたので、女性は手応《てごた》えを感じていた。

しかし、それ以後、男からの連絡はなかった。メールを送っても、簡潔な返事があるだけで、次の約束まで至らない。

そのうち、こんな噂が耳に入って来た。M子が男と付き合い始めたというのである。

ショックだった。彼女は頭に血が昇るのを抑えて、まずはM子に連絡を入れてみた。もちろん詳しい事情を聞き出すためである。M子はこう言った。

「彼のことがずっと好きだったから、自分からデートに誘った。その夜、彼にホテルに誘われて、ついて行った。本当に彼のことが好きだったから、一夜だけの遊びでもいいと思っていた。けれど、彼は遊びではなく、本気で付き合おうと言ってくれた」

彼女の茫然《ぼうぜん》は、女なら誰しも理解してくれるだろう。

こんなことなら、あの時、受け入れておけばよかった。そうしたら、男と付き合っていたのは自分だったかもしれない。

その悔しさはよくわかる。

どうせ次には受け入れるつもりでいたのだから、もったいぶらないでホテルに行ってしまえばよかった。

しかし、ここで間違えてはいけないことがひとつある。

それは、自分とM子を単純に入れ替えてはいけないということだ。同じことを彼女がしたとしても、果たして男と上手くいったかはわからない。

もし、M子と男との関係が、一夜限りの遊びで終わったと聞いていたら、彼女はきっと自分もそうしなくてよかったと思ったはずである。

つまり、最初から彼女とM子には大きな違いがあったのだ。

それは、M子は遊びでもいい、と腹をくっていたところである。つまり、その後の展開は思いがけない「おまけ」なのである。

しかし、彼女は違う。最初から継続を望んでいた。恋愛関係に持ち込みたかった。つまり欲しかったのは「おまけ」の方だったのである。

もしM子が一回だけの関係で、遊ばれたとしても、後悔はなかったはずである。しかし、彼女の方は絶対に後悔したはずである。こんな結果になるなら、男の誘いになど乗らなければよかった、と唇を嚙《か》む。これは確信して言える。

この結末は、なるべくしてなったのだ。

彼女が男と恋愛関係になれなかったのは、決して誘いを断ったせいではない。それが勝負の分かれ目だったわけではなく、ダメなものは、セックスしてもダメである。そしてM子はきっと、セックスしなくても男とうまくいっていただろう。

手の早い男というのは、安易にセックスに持ち込むがゆえに、セックスに何の価値も感じていない。

そんな男に、セックスしたら自分を好きになってくれるかもしれない、などというさもしい気持ちなど無駄である。

男のためではなく、先のことを考えるのでもなく、今、自分がこの男とセッククスしたいと望んでいるか、それを考えればいい。

恋愛の成就《じょうじゅ》というのは、果たして、どの時点を言うのだろう。

彼を自分に惚《ほ》れさせた瞬間か。

それとも、結婚する時か。

彼女も、今はM子に負けたと思っているかもしれない。しかし、半年後一年後はどうなっているかわからない。M子は男に泣かされているかもしれない。所詮《しょせん》は、手の早い男である。性癖はそう簡単には治らない。

逆に、彼女は男と何もなかったからこそ、今まで通りの付き合いを続けて、もしかしたら、最終的に男を手に入れられる可能性もないとは言えない。

いや、その時は彼女にも他に好きな男が現れ「ああ、あんな男と関わらなくてよかった」と、思っていることもあるだろう。

人生も恋愛も、毎日、サイコロを振っているようなものである。

丁と出るか半と出るか。

だからこそ面白いとも言える。

17章　逃げる男

逆境に弱い男になどかかわったら、一生の不覚である。

その女性は、ソフトウェアの会社に勤めている。

ある日、取引先のパソコンが作動しなくなってしまった。担当者は二十代半ばの男性社員で、その男は、取引先から電話口で相当怒鳴られたようである。

男はすぐにメンテナンスに向かったが、二時間後、「まだ、来ていない」と、相手側から連絡が入った。到着するに十分の時間である。携帯に連絡しても応答はない。

結局、別の者が向かったが、担当の男は最後まで現れなかった。

翌日、その男は出社せず、相変わらず携帯にも出なかった。これは事故にでもあったに違いない、と、誰もが心配し始めた。警察に届ける段になって、上司は彼の故郷の両親に連絡を入れた。

出て来たのは母親で、こう言った。

「はい、こちらに帰っております。息子はもう会社に行きたくないと言っております。申し訳ありませんが、辞めさせてください」

そして、男は一度も社に顔を出さないまま、退職届だけが送られて来たのである。

誰もがあ然とする話だが、こんな男もいるのである。

その男には責任感というものがない。仕事が何であるかもわかっていない。あるのは、ただ、叱られたくない、責められたくない、怒鳴られたくない、それだけである。トラブルに対処するよりも、それから身をかわすため、とっとと逃げ出したのである。

この、自分さえよければ後はどうなっても構わない男、これこそが逃げる男である。

人は、それなりに主張というものがある。

たとえ言い訳にしても、取り繕うだけにしても、何らかの形で相手と意志を通じ合わせようとする。それがコミュニケーションだと思うのだが、それができない。土俵に上がろうともしない。

こういう男の特徴は、とにかく逆境に弱いということである。

弱いというのは、失敗そのものを言っているのではない。失敗は誰にだってある。

何か起きた時、向き合うことができない男。ただ逃げる。その場から消えてしまう男のことを指す。

そんな男は、残された者がどれだけ迷惑をこうむろうと、自分さえ助かればそれでいいと思っている。

それが自分と無関係の男なら、呆れ返るだけで、傍観者になっていればいいのだが、恋人だったり夫だったりしたら失望だけでは済まされない。

困るのは、問題さえ起こらなければ、これで結構優しくていい男だったりするところである。

ある女性が付き合っていた男の話である。

すでに付き合いは二年以上に及んでいて、彼女は男との将来の設計も立てていた。

その日、いつものようにふたりで食事をし、男の部屋でセックスをした。喧嘩《けんか》したわけでもないし、男に悩み事があるようにも見えなかった。

ところが、それから数日後、男からの連絡がぴたりと途絶えたのである。

待っても電話はないし、顔も見せない。こちらからかけると、驚いたことに、着信拒否になっている。いったい、何が起きたのか。

彼女は会社に電話した。すると、退職したという返事が返って来るではないか。アパートに行くと、そこもいつのまにか引き払われていた。

彼女は途方に暮れた。いったい男の身に何が起きたのか。犯罪にでも巻き込まれてしまったのか。

友人や知り合いに連絡を取り、彼女はとにかく彼を探し回った。

そしてひと月後、ようやく彼の居所がわかった。

何と、別の女と暮らしていたのである。

当然のことながら、彼女は男の所に乗り込んだ。すると出て来たのは女の方。

「彼、あなたとはもう会いたくないと言ってます」

と、言われた。それどころか「彼にしつこくつきまとわないで欲しい」「もう、あなたとは終わったのだから」と、言って来た。

もちろん、彼女の気は済まない。男を出せ、出さない、の問答が続き、結局押し切られ、彼女は帰って来てしまったのだが、男は最後まで姿を見せなかった。

男の唐突な心変わり。それにも驚きだったが、何よりもショックだったのはそのやり口である。

ついこの間まで、そんな気配はおくびにも出さず、一緒にご飯を食べ、ベッドに入っていた。本当にいつも通りだったのである。

他に好きな女ができたのはしょうがない。しかし、これが二年以上も付き合って来た彼女に対する仕打ちだろうか。いったい、自分たちの関係は何だったのか。別れたいのなら、顔を合わせて話すべきではないのか。

ただただ、彼女は茫然《ぼうぜん》とするばかりだった。


この逃げる男もまた、前出の男たちと重なる部分も多々あるだろう。

たぶん、男の言い分はこんな感じであろうと推察する。

「前々から計画は立てていたが、彼女には知られないようにしていた。何をしたって、もう気持ちは戻らないのだから、話し合いなんて無駄である。修羅場になって、互いに不愉快になるくらいなら、黙って消える方が得策である」

面倒が起きると、まずは逃げる。その後、誰が困ろうが、傷つこうが平気である。自分のことしか考えていない。うまく逃げられたならしめたもの。捕まったら不運と思う。

早い話、おいしいところしか食べたくないのである。

酸いも甘いも味わってこそ、人生ではないのか。酸いところを食べたからこそ、甘みもわかるのではないのか。それが人生の醍醐味《だいごみ》というものではないのか。

それを味わうことのできない男は、たとえ一緒になったとしても、いつかその度量の小ささが露呈するだろう。

一緒にホテルに泊まって、火事になったとしても、男は決してあなたを助けない。ひとりでさっさと逃げ出してしまう。それどころか「ホテル火災に女性の身元不明焼死体」などと新聞に出ても、自分から警察に行くこともないだろう。むしろ、それで責められたり、問い詰められたりするのが怖くて、しらを切り通すことだってあるはずである。

こんな男が身近に存在するとは考えたくないが、まったくいないと能天気な判断もできない。

彼が逃げる男なのか、楽しい恋愛期間にそれを見極めるのはなかなか難しいが、どうかしっかり目を開いて、くれぐれもかかわりあいにならないようにするべきである。

実はその彼女には後日談がある。

ようやく、立ち直った頃、女から電話が入った。

「彼、そっちにいるんじゃないの。隠さないで、出しなさいよ」

その男は同じことを、その女にもしたのである。

18章　美形な男

顔は変わる。

顔は人生を映し出す。


面食いを責めるつもりはない。

男と会って、どこから入ると聞かれたら、やはり顔、という女性も少なくないはずだ。

いい男には、気持ちが揺れる。つい、その気になってしまう。ほだされてしまう。甘やかしてしまう。

これが原因で、若い頃はたくさんの失敗をするはずである。

たとえばコンパやパーティなどで、どうしてもいい男に目が行くだろうが、当然、一番人気か二番人気の男であり、競争率は高く、たいていの場合、抜け目ない他の女にとられてしまう。

では、次のターゲットをと方針転換したとしても、周りからはすでに「あの女は顔につられるタイプ」と決め付けられ、みな敬遠態勢に入っている。結局、ひとりですごすごと帰る羽目に陥るのである。

男は顔じゃない。

そんなことはわかっている。

しかし、やはり顔も大事である。これは生理的な問題に関わって来る。

この生理的という言葉が女にとってどんなに重要な位置を占めるかは、女なら誰しもわかるはずだ。

考えてみれば、人を好きになるということ自体が、生理的なものなのだ。それが心であろうが顔であろうが、恋の入り口は人それぞれなのである。

さて、ここで極度の面食いの女性を登場させよう。

とにかく、見た目が良くなければ許せない。どんなに性格がよかろうと、頭が切れようと、仕事が出来ようと、金持ちであろうと、見向きもしない。それがあまりに徹底しているので、周りからは顰蹙《ひんしゅく》を買っているが、彼女は意に介さない。

彼女の言い分はこうである。

「美しい男は、一種の美術品である。眺めているだけで、満足できる。他に何がなくても、それだけですべてが許せる。何よりも、もし振られた場合、美しい男だったら諦められるが、不細工な男だったら、あまりの腹立たしさに刺してしまうかもしれない」

そこまで徹底しているのなら、何も言うことはない。存分に求めればいい。

美形な男を考えると、だいたい3パターンに分かれるのがわかる。

・自分が美形であるということをよく知っている男。だからそれを武器としている。

・自分が美形だということに気づいてない男。もしくは、美形になる前のまだ原石段階の男。
・自分が美形であることは知っているが、それに何の価値も感じていない男。

まず最初の男である。

この手の男と知り合うと、言うまでもなく、痛い目に遭うだろう。

自己愛が強く、女の子を次から次へと変えることで、自分の価値を確かめようとする。

これに口説きのテクニックが備われば完璧《かんぺき》なプレイボーイとなる。

「僕はこんなふうだから、悪い噂《うわさ》も聞いているかもしれないが、本当はとても寂しい人間なんだ。たくさんの女性と付き合ったが、君のことだけは遊びなんかではない」

などと罪つくりなことも、平気で言う。ホスト的と言えば、わかりやすいだろう。

聞く方も、口ばかりと思いつつ、その美しい顔に惑わされ、つい男の言葉を信じてしまう。信じる、というより、信じたいのだろう。

こんな男は、必ず何か狙いがある。セックス、であるのはまだ許せるが、お金であることも多い。

そんな男が、金銭的なことを口にし始めたら思案のしどころである。

それが、借金の申し込みのような形ならわかりやすいが、「ふたりのためだから」などと、耳当たりのよい言葉を並べて、お金を引き出そうとする輩《やから》もいる。

ここは慎重な判断が必要とされる。

けれど、それでも夢をみたいなら、乗ってみるのもひとつの手だ。

美形男がどのようなモンスターに姿を変えてゆくか、勇気があれば体験してみればいい。


次の男はなかなか狙い目である。

美形なのに、それにまるで気付いていない男と出会うと「拾いものだ」と思わず感嘆してしまう。

最近はそうでもないが、かつては、地方出身の男によく見られた現象である。

ダサい服や訛《なま》りが邪魔をしているが、磨けば必ず美形になる、という男がいるのである。

美形というのは、もともとの顔立ちはもちろん重要だが、それが洗練されて、初めて完成される。ただ整っているだけの顔ではそうはならない。そんな男は、時にギャグっぽく映ってしまうこともある。

年上の女は、こういう男を見つけ出すのが上手い。新入生や、新入社員に、いちはやく目を付けるはずだ。

そして、時間とエネルギーをかけて、男を開花させてゆく。

やがて男の方も、自分の変化に驚くはずだ。俺はこんなにいい男だったのか。それを教えてくれた女性に最初は感謝もするだろう。

しかし、開花した男は、仕方ないことだが、多くの女たちからアプローチを受けるようになる。そして、今まで経験がなかったからこそ、モテる男の快感を知ることになる。やがて男はついついその気になり、あちこちの女に目が行くようになるのである。

これは、自然の流れというものだ。知った以上、後には戻れない。こうして男は冒険の旅に出る。

「私は育ての親か」と、怒りたい気持ちはわかる。

しかし、こういう可能性があることも肝に銘じておくべきである。


そして、最後の男。

これは意外といるのではないかと思う。

若い時はともかくとして、男はやがて「自慢は顔だけ」などと言われることに、屈辱を感じるようになる。

男同士の嫉妬《しっと》は凄まじいので、たかが顔ぐらいで面倒な敵を増やしたくないという思いも生まれて来る。

だから、いつか顔などに何の価値も感じないようになる。もっと言えば、美形であるがゆえに、顔だけでない男になるための努力をするようになる。

仕事ができる。頭がいい。面白い。付き合いやすい。信頼できる。

そんな男になろうとするのである。

もちろん、心の中では「自分はいい男だ」との自負はあるだろうが、それが生きる上での厄介の種になることも知っている。

そんな男は、意外と女の容貌《ようぼう》にもこだわらない傾向がある。

美しい女は見慣れている。女が男をモノにする手口もすでに見透かしている。

そんな女よりも、むしろ、頭の回転がよくて、話が面白くて、自分にないものを持っている女に惹《ひ》かれるはずである。

狙うとしたら、やはりこんな男だろう。


男は顔じゃない、などと言う気はさらさらない。

美形が好きなら、そんな男を追い続けるのもありだと思う。

でも、ひとつだけ。

顔は変わる。これは間違いない。

若いうちは大した違いはないが、四十代にもなるとかなり違いが出て来る。

同窓会で愕然《がくぜん》とするのもその年代である。

かつて憧れていた美形の男と再会するのを楽しみに出掛けて、「こんなはずでは……」と打ちひしがれるのである。

逆に、かつてはまったく冴《さ》えなかった男が、味のあるいい顔になっていて、唸《うな》らされることもある。

顔は、人生を映し出す。

今の容姿に惑わされていると、後でしっぺ返しをくらうだろう。

19章　手のかかる男

長く付き合いたいなら、
男に手をかけ過ぎてはいけない。

男の部屋に初めて行って、その部屋が信じられないくらい散らかっていたら、あなたはどう思うだろう。

何てだらしない、自分の面倒もみられないのか、と落胆する。

それはしごくまっとうである。

しかし、こう思う女性もいるはずだ。

「この人には私が付いていてあげないと駄目になる」

問題は、こちらの方である。

妙なファイトが湧き、今度はエプロンを持って、部屋を訪ねる。

男が独自のポリシーで部屋を散らかしているケースは別だが、大抵の場合、掃除をしてあげれば、男は感謝する。感謝されれば女性も嬉しい。だから張り切ってまた掃除をする。

それが、女にとって幸福な行為であるなら、とやかく言うつもりはない。気の済むまですればいい。

けれども、その気が済んだ時、どこからか疑問がやって来るのである。

掃除は女がするといつ決まったの？

ある女性の恋人は、日常的なことが何もできない。

それで彼女は、週末になるとせっせと男のアパートに通い、掃除を始め片付けや洗濯、食事の面倒を見ていた。

もちろん、彼女自身がそれに喜びを感じていた。たぶん、まるで奥さんみたいなことをする自分に酔っていたところもあったのだろう。

「君は家庭的なんだな。やっぱり嫁さんにするなら、君みたいな女性だな」

好きな男からこんな台詞《せりふ》を言われたら、女冥利《みょうり》につきるというものだろう。それでますます彼女は張り切り、家事を引き受けるようになっていった。

そして、気が付くと、それが当たり前になっていた。

今はもう、男は感謝というより、そうされて当然と思っている。掃除も洗濯も、すべて彼女をアテにしている。自分でやろうなんて気はまったくない。彼女が家事をしている間、男は外に出てマンガ喫茶などで時間をつぶしている。

そんな日が一年も続いたある日、彼女は男からプロポーズされた。

「僕には君しかいない」

それこそ尽くしがいがあったというものだろう。都合よく使って、不要となったら捨てる男もいるのである。

しかし、彼女はこう答えた。

「あなたと結婚する気はない」

この一年、彼女は男をじっくりと観察した。

結婚したら、男はきちんと家事に参加してくれるだろうか。子育てにも協力を惜しまないでくれるだろうか。

今までは確かに面倒を見てきた。しかし、それは週末だけのことである。結婚して、それが毎日のこととなると、すべてをひとりで引き受けるのはどう考えても負担が大きい。いや、何よりも不公平である。彼女も仕事を続けるつもりでいる。働くという点でも、自分たちは対等のはずである。

しかし、男はたぶん、当然、彼女がするものだと思い込んでいるだろう。今までそうして来たのである。そう思われても仕方ないだろう。

結婚したら何とかなる、と言う人もいるが、実際のところ、何とかならないことがたくさんある。

多くの男にとって、家事は、所詮《しょせん》家事、程度の労働としか考えていない傾向が強い。

付き合っている間は、家事はスペシャルなイベントだ。

ほんの短い時間であれば、楽しむこともできるだろう。しかし、結婚すれば、それは大きな比率を占めるようになる。

しかし、そうなっても男はあくまで家事は女がするものと思い込んでいるとしたら、不満が日々高まってゆくはずだ。

ここはとても重要な問題である。

さまざまな男を書いたが、この考えを持つ男はまだまだ多い。

男が家事をどう考えているか、協力し合うという意味をきちんと理解しているか、結婚前にとことん話し合っておくべきだろう。

手のかかる男に、手をかけ過ぎていると、最終的に、何にもできない、まるで子供のような男が出来上がってしまう。それだけでなく、相手に対して何かしてあげたい、という思いやりのない男にしてしまう。

そんな男は、たとえば妻が風邪で寝込んで、食事の用意ができなかったとすると、こういう発想になる。

「わかった、じゃあ僕は外で食ってくる」

妻のために食事を作ろうという思いなど浮かびもしないのである。尽くされることしか知らない男、自分が相手に尽くすことに価値を見いだせない男。そして、それは実は、女が男をそんなふうに作り上げてしまったという責任もある。

男と長く付き合いたい、生活を共にしたいと思っているなら、男に手をかけ過ぎてはいけない。

男の身の回りの世話をするのはとても幸福な行為だが、それを我慢する。そして、女のために何かする、という幸福を男に教えるのである。たとえば、女のために料理を作れば女がどんなに嬉しく思うか、それを覚えさせるのである。

人には役割分担がある。

家事関係はまったく駄目だが、電気関係は強く、その方面は全部引き受けてくれる、や、庭や部屋にある植物は責任を持ってくれる、などと、お互いに持ちつ持たれつという場合もある。バランスが取れているならそれでいい。

ただ、自分はしてもらう一方で、女には何もしようとしない男は、結局、女をタダで使える家政婦として、都合よく扱っているだけである。

もし、今の男を伴侶とするつもりでいるなら、早めの対処をしよう。

それは何もあなたのためだけに言ってるのではない。

男が将来、単身赴任となる状況になっても役立つはずだ。老後、妻に先立たれた夫になっても自立できるだろう。

これも男のためと思い、今からしっかり育て上げることをお勧めする。

20章　生活不適応男

恋人のうちはいいが、
結婚するには覚悟がいる。

恋愛するなら最高だが、共に生活するには適さない男がいる。

恋人としては文句のつけようがないので、恋愛は盛り上がるに違いない。一緒に暮らしたい、いずれ結婚したいという気持ちになっても当然だろう。

しかし、生活が始まると見えて来るのである。

これは二年で離婚してしまった女性の話である。

「彼とは結婚しても恋人同士の延長上にあるような感じで、夜は外に食事に出たり、休日はドライブや旅行に出掛けたりと、最初はすごく楽しかったんです。けれど、ずっとそれを続けているわけにはいかないでしょう。私はいずれ子供が欲しいし、できたら将来、自分たちの家だって欲しい。互いの両親のこともあります。そのためには貯金もし、人生設計というのを考えなくてはなりません。

けれども、彼にそのことを言っても、全然通じないんです。逆に、家庭に縛られるのはいやだ、人生をもっと自由に生きたい、と言うんです。だから独身の頃と同じように、お金はあるだけ使ってしまう。私も彼の考え方に同調できればよかったかもしれません。けれども、私にも私なりの家庭像ってものがありました。

それからも、彼とはいろいろ話し合ったのですが、やはりわかってはもらえませんでした。やがて喧嘩《けんか》ばかりが繰り返されるようになり、ギクシャクし、結局、離婚に至りました。

結婚前に、もっと互いの生き方をしっかりと確かめ合っておけばよかったのかもしれません。けれども、恋人としては最高の人だったから、その時は何にも見えていませんでした。結婚すれば変わるもの、と当たり前に思っていた自分が甘かったのだと思います」

男は暴力をふるったわけではないし、ギャンブル狂いでもない。酒に溺れることも、他に女を作ったりもしない。だから、悪い男というわけではないのだろう。しかし、生活に対する意識が、彼女とはまったく違っていた。

この意識の違いは、ふたりの恋愛から結婚という生活の変化に伴って、その関係性に大きな影響を及ぼすことになる。よく恋愛と結婚は違うと言われるが、その違いとは、こういう部分を指しているのである。

結婚は現実である。

現実とは、つまり日常である。

ゴミ捨てや茶わん洗い、掃除洗濯といった家事一般から始まって、近所付き合い、景気のよしあし、出産計画や子供の進学、不慮の出来事、親の介護まで、すべてが日常であり、現実である。

それらを、自分で引き受けるだけの度量があるなら、生活不適応男と一生を共にするのもいいだろう。しかし、やはりひとりでは荷が重すぎる。

それを共同作業するのが結婚である。

それなのに、それができない、しない、やりたくない、などという男には、将来の展望など持たない方がいいだろう。

女は男よりも、現実が早く身に染みる。

女の方が先に大人になるのである。


だからと言って、生活不適応男を切り捨てろと思っているわけではない。

そういう種類の男と付き合うことが、人生を豊かにする場合もある。

だから、女性の方がそれを認識して、そんな男とは恋をすべきなのか、一緒に生活できるのか、じっくり観察すればいいのである。


ある女性がとても好きだった男も、生活不適応男だった。

男には夢があった。世界中の岩を登りたいという夢だ。ロッククライマーだったのである。

男はアルバイトをしてお金を貯《た》め、それを手に海外に出掛けて、岩に登る。出掛けたら二、三ヵ月は帰って来ない。そんな生活をしていた。

男の夢を、彼女も愛《いと》しく思っていた。夢を持っている男、というのはそれだけで魅力的である。夢のない男なんか興味はない。それゆえ、彼女はそのことで男に文句を言うつもりはなかった。

当然、男との結婚を望めないということも承知していた。

それは男の生き方を否定するのではなく、彼女は自分に自信がなかったからだ。何ヵ月も帰らない男を待ち続けられるか、生活費をすべて自分で稼げるか、子供を産んでもひとりで育てられるか。

そんなことを考えると、とても自分には無理だという結論しかなかった。

それでも、もし、男の方に結婚したいという強い意志があれば、頑張れるかもしれない、という気持ちもあった。

彼女は、それとなく男に探りを入れた。

「十年後の自分は何をしていると思う?」

男は屈託なく答えた。

「未踏の岩壁に登っていたい」

やはり男の頭の中にはそれしかないのである。彼女が望んでいる穏やかで温かな家庭など、男は考えてもいないのだ。

彼女もいつまでも若くはない。結局、彼女は男が海外に行っている間に見合いをし、結婚を決めた。

このやり方は、安定を求めて愛情を捨てた、ということになるのだろう。打算的だと感じる人もいるかもしれない。しかし、誰が彼女の決断を非難できるだろう。

無理を承知で男と結婚したとしても、きっとうまく行かなかった。彼女は自分をよく知っていたのだ。

いつか不満を持つようになる。束縛するようになる、腹を立てるようになる、定職を持って欲しいと望むようになる。それは男を追い詰めるだけである。

もし彼女が、男を説得し、どこかの会社に就職させ、世の夫と同じような男にしたとしよう。

それは男に夢を捨てさせてしまったことになる。その負い目を感じながら生きてゆかなければならないなんて、どんな重荷であるか。男の方も「この女のために自分は夢を捨てた」という思いが残って、心の中にある種のわだかまりが残るだろう。もし死の間際《まぎわ》、「本当はこんな生き方はしたくなかった」と、男から責められたら、と考えただけで嘆息する。

彼女の選択もまた愛情表現の一種のはずである。好きな男だから、好きに生きさせてやろう、そんな選択があってもいいのである。

先にも書いたが、生活不適応男は悪い男ではない。ただ、そんな男と生活をするとしたら、それなりの覚悟は持たなければならない。

金銭感覚のない男なら、自分が経済力を持つ。自分の食い扶持《ぶち》は自分で稼ぐ。夢を追い掛けて、家庭を顧みない男なら、ひとりでも楽しめる女になる。寂しいなんて愚痴らない。

子供を産んでも、ひとりで育てられる逞《たくま》しさを持つ。

実際、最近はそんな太っ腹な女性も増えている。


生活不適応男は魅力的である。

安定した生活を考えるあまり、最初から敬遠してしまっては、人生の妙を味わいそこねてしまう。

覚悟さえあれば、他人とは違う人生を手に入れられるはずである。

21章　別れ下手の男

逃げる。なし崩しにする。

別れで初めてわかる真の男気。


恋愛は始まりも大切だが、終わり方はもっと重要である。

恋の始まりは誰もが浮かれ、ささやかな偶然さえも運命のように感じ、大いに盛り上がるが、恋の終わりは理不尽で成り立っている。

だからこそ努力と忍耐が必要であり、それを怠ると、たとえどんなにドラマチックな恋だったとしても「二度と思い出したくない恋」に成り下がってしまうのである。

逆に、いいことなどひとつもなかった恋であっても、終わり方が心を打つものであれば、一生忘れられないだろう。

ひらたい言い方をしてしまえば、俗に言う、終わりよければすべてよし、なのである。

恋をするのが下手な男は構わない。むしろ、その不器用さが愛《いと》しくなるものだ。しかし、別れ下手の男は始末に負えない。

もっと言えば、別れ下手な男など、恋愛をする資格がない。

女から心が離れてしまった時、男はどんな態度で別れを切りだすか。

あるアンケートを見たら、トップは「なし崩し」だった。連絡を取らない。居留守を使う。仕事が忙しい、を連発する。そうやって、女が諦めて離れてゆくのを待つというわけだ。

実際、それを使われた女性もいるだろう。

そして、その男の言葉を信じて、待ち続けてしまったこともあるはずだ。

ある女性が、しびれを切らして、こう言った。

「本当は別れたいんでしょう? だったら、そう言って」

「そっちがそう思うなら、それでいいよ」

別れたいのは男の方なのに、女の方から別れを切り出した形になる。

男にうまくはめられた気持ちになるのは当然である。

男はなし崩しにすることを「嫌いになったなんて残酷なことは言えないから」と言い訳する。

もちろん、それは優しさなどではなく、狡《ずる》さである。悪者になりたくないだけなのだ。

別れたいのなら、たとえどんなに責められようとも、きちんと意思を伝えるべきである。

たとえその時、深く傷つけることになったとしても、やはりそうすべきである。あの手この手を使って、うまく逃げた、という手段を取られた方が、女性はよほど傷つくはずである。

こんな男がいると聞いた。

相手とキスしない。手も握らない。会話もしない。もちろん食事もお茶さえもしない。その上、シャワーも浴びない。服もズボンしか脱がない。終わったらさっさと帰る。

もちろん、この意味はわかるはずである。

男にここまでされたら、女は憤懣《ふんまん》やるかたない思いにかられる。愛想もつきる。男はそこを狙っているのである。

わかりやすいと言えばそれまでだが、何と情緒のないやり方であるか。

たとえ短い期間であったとしても、好き合った相手なのだ。こんな方法しか選べない男など、人としての在り方を疑う。

その男に聞きたい。「別れたい」と言葉にするのは、こんなやり方よりも、厄介なことなのか。

別の男は、こんな方法を取るという。

ひたすら謝る。

「俺が悪い、すべて俺のせいだ。君には何の非もない。だから気が済むまで殴ってくれ。俺はどうなってもいい、だからお願いだ、別れてくれ」

両手を合わせて、土下座されては、食い下がるのも情けなくなってしまう。女の方もそれで引き下がるというのである。

まあ、こちらの方が、前の男よりまだマシだと言えるだろうが。


もうひとつ、おだてて別れる男。

「もしかしたら、君のようないい女に別れを告げたことを後悔するかもしれない。その時は思い切り俺を笑ってくれ」

それを言われた女性は、最後まで男にとっての「いい女」でありたいと思い、格好つけたくてつい了承してしまったという。これは、男の勝ちだろう。


別れにお金を持ち出して来る男もいる。

手切れ金を受け取ることに、抵抗を感じる女性もいるだろう。

何もかもお金で解決しようなんて、女を何と思っているのか、侮辱しているのか、と、怒りたい気持ちもわかる。

しかし、所詮《しょせん》、そういう男だったのである。

こうなったのだから、女の方も、もう美しい思い出云々《うんぬん》など綺麗ごとで終わらせられる恋ではないと気づいたはずだ。

受け取ればいいのである。もらってしまえばいいのである。

自分の心をお金に替えた、などと考えず、解決を受け入れたと思えばいいのだ。

自分のお金にするのがいやなら、どこかに寄付すればいい。

自分自身がこの恋愛に値段をつけたことで、決着を付けられる場合もあるのである。

別れ下手の男は、まったくもって厄介な存在だが、別れてしまえば関係のない男になる。

それよりタチが悪いのは、別れておきながら、ひょっこり連絡をしてくる男である。

「最近、どうしてる？」

別れたものの、彼女がまだ自分に心を残しているか、それをちょっと探りたいのである。

男の思考はこんな感じのはずだ。

しつこくつきまとわれたりしたら困るが、完全に忘れ去られてしまうのは寂しい。

お酒でも飲んで、少しセンチメンタルな気分になると「彼女を傷つけた悪い俺」という感傷に浸って、つい携帯の番号を押してしまうのである。ちなみに、男が別れた女の連絡先を取っておく確率は、女よりずっと高いという。

もし、かつての彼女に、新しい男が出来ていた場合、もっと具体的な誘いを掛けて来るかもしれない。

「久しぶりに会おうか」

しかし、どんなに心が揺れても、ヨリを戻すなんて考えてはいけない。

男の気持ちは所詮、一時的なものだ。元の彼女の新しい男の存在に、つい嫉妬《しっと》にかられ、衝動的に誰にも渡したくないという欲求が生まれただけのことだ。

もし、女性の方が「やっぱりあなたが好き」という態度を見せたとすると、その時点で、男の自尊心は満たされ、背中を向ける。

同じ男に二度別れを告げられるなど、決してやってはいけない失態である。

会っていいのは、女の方にまったくその気がない時だけである。

その時は、必ず、男にささやかな復讐をしてやろう。


基本的に、別れ上手の男はいないと覚悟しておいた方がいい。

むしろ、男に上手に別れを切り出させる女、になることに心を砕いた方が賢い。

別れは女も大変なのである。

あとがき

今はもうなくなってしまったが、『モニク』という女性誌で、この連載を始めたのは、上京してしばらくたった頃である。

田舎者の私は、東京という大都会に馴染《なじ》めず、仕事の先行きはまったく見えず、付き合っている男もいなかった。三軒茶屋の1DKのアパートで、ほとんど毎日、ひとりで過ごした。

何もかもがうまく行かない時期、というのが人には必ずある。

今ならそれがわかるが、あの頃は、自分だけがはずれクジを引いてしまったような気がしていた。

あれは何時《いつ》だったか、ピアスをすると人生が変わる、という噂《うわさ》を耳にした。

それは大いに私の心をくすぐり、早速、耳に穴を開けに行った。それほど、切羽詰まっていたのである。

そして、穴を開けた時、最初に思ったのはこれだった。

こんなことで人生が変わるはずがない。

愚かにも、あの時、私はようやく気づいたのだと思う。

自分の人生は、自分でしか変えられないのだと。


あれから、ずいぶん時間がたった。

世の中も変化した。

当然、私も変わっていった。

まがりなりにも小説家としてひとり立ちし、伴侶を得、軽井沢に移住するようになるなんて、まったく想像もしていなかった。もちろん、これからも、いいにしろ悪いにしろ変わり続けてゆくだろう。

けれども、同時に、変わらないところもたくさんあった。

あの頃の私は確かに未熟で、経験も浅く、人の心の不思議をまだまだ理解できていなかったが、それでも、基本的に人間の考えはそうは変わらないものらしい。

このエッセイを読み返して、それを痛感した。

本書はもしかしたら、男を批判するばかりの本、と、受け取られるかもしれない。

しかし、実はそうでないという思いもまた、通じてくれることを祈っている。

今回、再出版するに当たって、かなり手を入れさせてもらった。タイトルも変えさせていただいた。また、本書に書かれたエピソードなどは、この長い時間の中で、見たり聞いたりした出来事を反映させ、アレンジしてある。

新たな形で、本書を送り出せたことを心から感謝します。

唯川　恵

解説

大久保佳代子（タレント）

今年で四十四歳。意に反して独身。

これまで、なんやかんや付き合ってきた男性は、まずまずいた。

いや、まずまずは嘘。五人だから、少ないほうだと思う。

でも、このビジュアルの割には健闘しているほうではないか。

これも、私が無類の男好きだから。欲している時には、オスゴリラにもキュンとしてしまう。

これで、もう少しハイレベルなビジュアルだったら、かなりのビッチになっていたに違いない。

この程度のビジュアルにしてくれて、ありがとう神様。

そんなこんなで、無類の男好き故からの男を見るハードルがかなり低いというか、酔っぱらったら大概の男はイケてしまうため、歴代の彼氏は、所謂《いわゆる》ダメ男ばかりだった。

若い頃は、ダメでも良かった。

浮気性だろうとお金にルーズであろうとマザコンであろうと、ダメなところも美点としてカウントするバカさ加減があったし、ある時期が来たら、どちらからか別れ話が持ち上がり、唾《つば》を付けておけば治る程度の傷を負うくらいで別れられたから。

だって、まだ次の恋愛があるに決まっているという根拠の無い自信でワクワクさえしていたから。

でも、今はもう無理。

ダメ男であろうと、簡単に別れることなんてなかなか出来ない。

四十四歳、次の恋愛があるとは、思えないから。

仮に、運よく次の恋愛にありつけたとしても、果たして現在のダメ男よりましなダメ男である保証はない。

だったら、たまに訪れる違和感と失望感に目をつぶりつつ、流れに逆らわず付き合っていったほうが幸せなのでは？　と思いつつダラダラと……。

現在、付き合って約二年の彼がいる。ご多分に漏れず、まずまずのダメ男である。

アラフォーにとっての二年は重い。

この費やしてきた期間を考えると、簡単には別れられないし、別れたくない。

そんな中、冒頭の「そんな男は見切って、身軽に生きていこう」という唯川さんの言葉。

思わずドキッとしてしまった。

もしかしたら、ずっと言って欲しかったのかもしれない。

誰かに言われるのを待っていたのかもしれない。

そうなの、見切れるものなら見切りたいの、私。

でも、本当に見切ってしまっていいの？

確かに、親や友達へ大手を振って紹介できない男だけど、良いとこだってあるから付き合っているのだし。

男を見切りたい……見切れない……見切っていいの？　見切り品みたいな私が。

例えば、1章の「優柔不断な男」。

思い当たる節は多々ある。

私の場合も、デートを重ねているのに告白してくれる気配が一向になく、痺《しび》れをきらした私が、酔って部屋へ連れ込むという強硬手段にまで及んだ。

既成事実を作り付き合い始めたものの、やっぱり常に「本当に好きなのか？　私といて楽しいのか？」と不安がつきまとう日々。

「どこデート行く？」

「どこでもいいよ」

「何食べたい？」

「何でもいいよ」

「いつ会える？」

「時間あるときでいいよ」

こんな会話の連続がストレスなのである。

さらに、この男ときたら、自分から誘ってこない上に、私の誘いを必ず一度断ろうとするのである。

「明日の夜、ご飯へ行こうよ」

「明日は、ちょっと友達と約束があって、でもまだ分からないからまた連絡する」

とあやふやな返答をしておいて、必ず「今夜、大丈夫になった」と最終的にはOKするという不可解な行動。

なぜ一度、キャンセル待ちの状態をつくるんだろう。

確かに、キャンセル待ちを経てゲットしたチャンスは、ありがたみが倍増する。けど、それ狙いだったら、なんて面倒臭い男。

まさに自分に自信がなく、自分が一番大事な男なのだろう。

これはもう、充分な優柔不断な男だ。

まさにアウト。よし、思い切って見切ってやろう。

いやでも、ちょっと待って。

本当に見切っていいの？

これだけで見切らなくてもいいんじゃないの？

だって、良いところだってあるじゃない。

「お水を買ってきて」と頼むと、二リットルのペットボトルを三本も買ってきてくれる。普通は、一本だよ。

優しいじゃないの。

見切るには、まだ早い気がする。


5章の「嘘をつく男」、12章の「お金にルーズな男」。

唯川さんは、「彼女に嫌われたくないから嘘をつく」場合は、質として良性に属すると言っている。

確かに私のことを傷付けたくないと思いつく嘘は、まだ許せる。私だって嘘はつくし。

恋が、嘘と誤解で成り立っているというのも分かる。

でも、どうせ嘘をつくなら頭と気を遣ったある程度ハイクオリティな嘘にして欲しい。

先日、急に「ヤバい。死にたいほど嫌なことがあった」と彼からメールが。すぐに会って話を聞くと、憔悴しきった様子で、「百万円を失くしてしまった。仕事の取引先に支払いをするために持ち歩いていたら、いつの間にか失くしてしまって」と。

聞いた瞬間、「絶対に嘘だ！」と思わず笑いそうになった。だって、このご時世、支払いのやりとりを現金でするか？　普通、振込みじゃないの？

サザエさんの三河屋さんがセカンドバッグを持って集金に回るスタイルって全く見かけないよ。

年俸交渉のプロ野球選手だって、もはやセカンドバッグは、持っていないし。

金額設定が百万円というバカ丸出し感にも失望。

「百万あったら何買う？」って言う小学生か！

こっちだって、百歩いや百万歩譲って、お金の無心であれば、全く受け入れないわけではない。

でもその際、「今月、どうしてもお金に困ってしまい、いくらか貸してほしい。

必ず返すから」と正直に誠意をもってお願いをしてきて欲しいのである。

もう、嘘がペラペラで浅はか過ぎてバカにされている気がしてくる。

相手のことを考え、悩み試行錯誤した上で嘘をつくのが、せめてもの礼儀だし優しさだと思う。

唯川さんが言う、

「嘘そのものより、嘘をつくという行為の裏側にある人間の本質」を見なければいけない。

だとしたら、まさに本質的にアウトだ。

大事に思われている気がしないもん。

よし、条件は揃った。今度こそ見切ってやろうじゃない。

「別れたい」と一言、会って言えばいいだけなんだから……。

いやでも、本当に本当に別れてしまっていいのか？

私は彼に見切りをつけたいの、本当に？

思い出して。

付き合い始めた当初、私の家のトイレが詰まった時、素手をトイレの奥に突っ込んで何とかしてくれようと奮闘していた姿を。結局、直せず業者を呼んだけど。優しかったよ。

うーん、ダメだ、見切れない。

もっと決定打が欲しい。

傍からみたら、充分な決定打をくらっているかもしれないけれど、四十四歳、これでは、まだ足りない。

20章「生活不適応男」。

恋愛はいいかもしれないが、結婚には向いていない男。

結婚願望をまだ捨てていない私にとっては、かなり致命的だ。

四十四歳、それなりのプライドだってあるから、結婚を迫ることはしたくない。

なので、半ば意識的に「バタフライ」（木村カエラ）を口ずさんだりするが、全く気付いてくれる様子はないし。

それどころか「今までずっとひとりで自由に生きてきたから、この生活が楽なんだよね」と聞いてもいないのに何度も言ってくるのは、暗に「結婚するつもりはない」と言っているのだろう。

ちょっと前に、酔っぱらっているのもあり、思い切って結婚について聞いてみた。

彼は、スマホでサッカーゲームをしていたし、重い話にはしたくなかったので、

「ねぇ、十秒だけ時間ちょうだい。私は、結婚を考えているのね。結婚についてどう……」

とつとめてライトな感じで話しだすと、
まさかの「五秒前、四、三、二、一、終了！」とカウントダウン。

なんと、十秒をきちんとカウントしていてくれたらしい。

そのまま、彼はサッカーゲームに集中しまさかの撃沈。

はい、気持ちよくアウト！　アウト！　アウト！　スリーアウトチェンジ！

よっしゃ、サッパリ見切りをつけましょう。

実際、スリーアウトって言ったけど、「淡泊男」「浮気性な男」「優しい男」「逃げる男」「美形な男」「別れ下手の男」とほぼ当てはまりアウト連発。ゲームセット！

この本に出会い、いいチャンスをもらった。

背中を押されている今、見切りをつけて身軽になって、もしかしたら訪れるかもしれない新たな出会いに期待して動いて行こう。

想像したら、楽しいことばかりじゃない。

四十四歳から、もう一度、ときめいたりキュンキュン出来るなんて。

ありがとう、唯川さん。身軽に新しい恋へ向かってスタートをきります。

いやいや、いやいや、待て待て待て。

冷静に考えて、そんな新しい恋なんてあり得るか？

四十四歳だよ。見事な見切り品だよ。

端っこが茶色く変色し始めたレタスのような女を、好きになる人いるか？

やっぱり見切るなんて無理だよ。

よし延長戦。もう一度、慎重に読み直してみたいと思います。

一九九五年九月　実業之日本社刊
二〇〇二年五月　新潮文庫刊
（『いつかあなたを忘れる日まで』を改題）

文日実
庫本業 ゆ11
　社之

男《おとこ》の見極《みきわ》め術《じゅつ》　21章《しょう》

2015年4月15日　初版第1刷発行

著　者　唯川《ゆいかわ》 恵《けい》

発行者　村山秀夫
発行所　株式会社実業之日本社
〒104-8233　東京都中央区京橋 3-7-5 京橋スクエア
電話 [編集]03(3562)2051 [販売]03(3535)4441
ホームページ http://www.j-n.co.jp/
DTP　株式会社ラッシュ
印刷所　大日本印刷株式会社
製本所　大日本印刷株式会社

フォーマットデザイン　鈴木正道(Suzuki Design)

ISBN978-4-408-55226-2（文芸）